Les Sept Péchés Capitaux

AF555361

E. BERNARD & Cie
IMPRIMEURS-ÉDITEURS
29, QUAI DES GRANDS-AUGUSTINS

1901

PARIS

LES

SEPT PÉCHÉS CAPITAUX

L'ENVIE

BIBLIOTHÈQUE NATIONALE
BF
IMPRIMÉS

4° Y2
5741

COURBEVOIE

IMPRIMERIE E. BERNARD ET CIE

14, RUE DE LA STATION, 14

BUREAUX A PARIS, 29, QUAI DES GRANDS-AUGUSTINS

Les Sept Péchés Capitaux

L'ENVIE

BIBLIOTHÈQUE NATIONALE
RF
IMPRIMÉS

PAR

Achille SEGARD

Dessins de P. MERWART

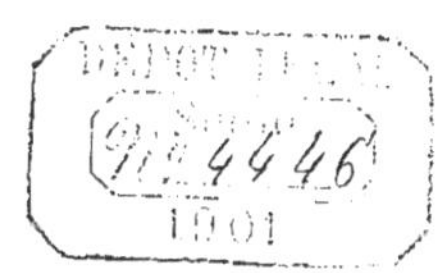
DÉPÔT LÉGAL
1901

PARIS
E. BERNARD ET Cie, IMPRIMEURS-ÉDITEURS
29, QUAI DES GRANDS-AUGUSTINS 29,

1901

DÉDICACE

Armand Silvestre ! ce mot tremble au bout de mes doigts comme si, en en traçant les quatre syllabes, la pointe de ma plume remuait la cendre des souvenirs et, par la magie de l'imagination, me remettait face à face avec mon passé le plus cher. Du petit groupe de mes aînés pour qui j'avais une tendresse pleine de déférence : Becque, Verlaine, Rodenbach et Samain, combien déjà s'en sont allés !

Armand Silvestre était pour nous comme l'ancien aède qui s'en allait de par le monde jetant au vent de belles rimes. Sa haute stature, son embonpoint, sa bonne humeur perpétuelle et surtout sa délicatesse extrême en amour et en amitié concordaient avec la bonne santé, l'harmonie et la facilité de ses douze livres de vers. Dès qu'il se trouvait avec un poète il ne s'exprimait plus qu'en strophes et en tercets. Vers la fin de sa vie toutes ses lettres se résumaient en un sonnet, il n'est aucun de nous qui n'en ait reçus de charmants.

Comme il aima l'amour! sa vie tout entière lui fut consacrée. Son œuvre poétique est un hymne perpétuel à la Beauté des femmes, à la splendeur du soleil et à la ville aimable entre toutes : Toulouse, qui lui fit de si splendides funérailles. Il était toute générosité, douceur et indulgence.

Quand je lui portai le manuscrit de *l'Envie*, que je venais d'écrire pour avoir le plaisir de collaborer à la belle collection des *Sept Péchés capitaux* qu'il fondait avec son ami Bernard, il voulut immédiatement en prendre connaissance. Ce roman lui plut tout de suite par un je ne sais quoi de juvénile qu'il exigeait dans toutes les histoires d'amour et par le sérieux aussi avec lequel j'avais essayé d'étudier la progression dans une âme gangrenée de cet abominable défaut. Il sourit aux passages un peu hardis (sur lesquels je m'aperçois que l'excellent artiste Merwart a d'ailleurs insisté plus que je n'eusse voulu), et il s'intéressa au développement des caractères. Mais son visage ne s'éclaira d'un vrai contentement que lorsqu'il devina que, dans mon livre, le mari ne se conduirait pas comme une brute déchaînée.

Je le vois encore, déposant un instant le manuscrit qu'il tenait à la main, relevant sa barbe de patriarche, faisant sauter d'une chiquenaude son lorgnon devenu inutile, et me disant avec un bon sourire :

— Comme vous avez bien fait de réserver votre sévérité pour l'envieuse que vous avez peinte, il y a tant de femmes coupables que nous n'avons pas le droit de condamner !

Et il me tendit la main d'un geste affectueux comme si je

lui avais fait un plaisir personnel en témoignant d'un peu d'indulgence pour une victime de l'amour.

Admirable et excellent cœur ! J'aurais voulu lui dédier ce livre et lui dédier encore *l'Orgueil* qui paraîtra dans la même collection. Je ne puis malheureusement que garder à sa mémoire un pieux et fidèle souvenir. Qu'on me permette du moins d'inscrire en tête de ce volume les deux dernières strophes des vers que récita l'admirable Silvain, dans la salle du Trocadéro, devant quatre mille personnes, après l'une de mes conférences dont je me souvienne avec le plus de plaisir, lors du festival que nous donnâmes en l'honneur du poète que nous aimions :

Maître des chants d'amour et des hymnes antiques,
Toi qui ressuscitas les dieux du Parthénon
Et par qui revivra désormais sur la terre
Des siècles disparus la beauté légendaire,
L'écho répète enfin la douceur de ton nom,
Maître des chants d'amour et des hymnes antiques.

Sapho, Griselidis, Izeyl et Tristan,
Tes filles et tes fils gardent bien ta mémoire,
Et si les dieux ingrats n'assuraient point ta gloire,
Par eux toujours des voix s'en iraient répétant :
Sapho, Griselidis, Izeyl et Tristan !

ACHILLE SEGARD.

L'ENVIE

Ce soir là, rue d'Enghien, un appartement attirait l'attention par de nombreuses fenêtres illuminées à profusion.

M. et Mme Lobriet, négociants devenus riches, donnaient une fête. Il s'agissait de marier leurs filles et d'un commun accord ils désiraient montrer que la dépense ne compterait pas pour manifester hautement que les dots seraient belles et l'héritage plus beau encore. Long et sec, la face ridée et le profil dur, M. Lobriet se promenait dans les pièces en enfilade. Un peu lourde, mais l'air avenant, serrée dans une robe à rayures bleu-sombre, Mme Lobriet surveillait d'un air attentif le service des plateaux et celui du buffet. Tous deux étaient contents et fiers en contemplant leurs invités. De temps en temps ils se penchaient l'un vers l'autre :

— Je suis sûr qu'il y a au moins trois cents personnes.

— As-tu remarqué la rivière de Mme Moret ?

— Quelle file de voitures de maîtres dans la rue !

M. Lobriet ajouta :

— As-tu remarqué que M. Ollivier ne quitte pas notre Raphaëlle ?

— Pourquoi ? lui répondit sa femme, c'est pourtant Marthe qu'il préfère.

M. Lobriet hocha la tête :

— Je crois plutôt que c'est M. Dolbert qui a des vues sur notre Marthe.

Mais sa femme haussa les épaules :

— Comment pourrait-il hésiter, pensait-elle, notre Marthe n'est-elle pas plus instruite et plus sérieuse ?

Sa vanité maternelle se complaisait à admirer sa fille vêtue non sans recherche d'une toilette de satin rehaussée de dentelles blanches. Elle se trouvait précisément au bras de Louis Dolbert. Mme Lobriet la regarda d'un air attendri, puis continua d'admirer ses invités.

Il y avait là, comme dans toutes les soirées de Paris, une étrange assemblée de gens. Des conseillers municipaux, des industriels décorés, des gens du monde et des artistes. Quelques jeunes filles sans dot faisaient de beaux yeux à des jeunes gens de famille riche. Quelques dames qui avaient eu des aventures étalaient des bijoux superbes.

Les deux jeunes hommes dont le maître de la maison venait de parler à sa femme étaient considérés par eux comme les fiancés éventuels de leurs enfants. Cette soirée était destinée à leur fournir l'occasion de s'expliquer plus nettement et les deux jeunes filles, bien qu'elles ne se fussent fait aucune confidence, attendaient anxieusement dans le secret de leur cœur ce qui adviendrait de leur sort.

M. Dolbert était le fils d'un manieur d'argent. On le disait expert aux affaires de bourse. Il était brun, d'extérieur correct, mais de physionomie froide et fermée. Il n'avait eu encore auprès de Marthe que des assiduités assez vagues, se réservant d'être plus net quand il serait sûr du succès. De temps en temps il dansait avec elle comme il convient à des personnes sérieuses. Edmond Ollivier était un jeune attaché au Ministère des Colonies. Elégant et mince, de visage sympathique, de fortune brillante, on s'accordait à lui prédire un avenir digne d'envie. Il avait à son bras Raphaëlle.

Et l'opposition qu'il y avait entre les deux jeunes hommes était plus visible encore entre les jeunes filles qu'on avait accoutumé de traiter comme sœurs.

Bien que tout le monde la traitât comme telle, Raphaëlle, en effet, n'était pas fille des Lobriet. Ceux-ci s'étaient mariés tard, et lorsque Marthe naquit après une longue attente, craignant à juste titre que cet enfant n'eût jamais ni frère ni sœur, ils avaient eu le désir d'éviter les inconvénients qu'on attribue d'ordinaire à la situation de fille unique. Moitié pour se défendre contre leur propre faiblesse, moitié pour augmenter autour d'eux le joli tapage enfantin qu'ils avaient si longtemps désiré, un peu aussi parce qu'ils pensaient que l'émulation rendrait plus facile l'éducation de leur fillette, peut-être encore par bonté d'âme et à cause des circonstances exceptionnelles où ils se trouvèrent mêlés à l'improviste, ils consentirent à se charger de l'éducation d'un autre enfant qui leur tombait presque du ciel. Ils reçurent en effet un jour d'une de leurs cousines éloignées qu'ils avaient depuis longtemps perdue de vue, une lettre désespérée :

« Je vais mourir, disait cette lettre, et j'abandonne sur la terre la petite fille que je viens de mettre au monde. Elle n'a pas de père. Elle n'aura bientôt plus de mère. Je supplie qu'on vous l'apporte en même temps que cette lettre. Dieu vous rendra le bien que vous consentirez à lui faire. »

C'est ainsi que Raphaëlle, recueillie par charité, fut élevée en même temps que Marthe. Elle ignorait encore le secret de sa naissance, et comme les Lobriet, en arrivant à Paris après fortune faite, n'en avaient fait confidence à personne, les jeunes filles passaient pour sœurs.

Mais leur intimité était plus apparente que réelle. Jamais tempéraments ne furent plus opposés. Autant Raphaëlle était blonde, rose, insouciante, de vive imagination et amoureuse du plaisir, autant Marthe était brune, de teint un peu olivâtre et de caractère concentré. Une année seulement les séparait, mais la distance morale avait toujours été grande. Dès l'enfance Marthe avait été « la grande sœur » et Raphaëlle « la petite fille ». L'une était attentive et laborieuse, l'autre espiègle et fertile en gentillesses de toutes sortes, l'une avait tous les succès sérieux, l'autre tous les succès frivoles.

Tandis que Marthe montait graduellement de concours en concours jusqu'à la première place, Raphaëlle sautillait comme un oiseau du haut en bas de l'échelle des récompenses. A certains jours elle travaillait si âprement qu'elle se trouvait d'emblée parmi les premières, car elle avait l'esprit vif et la mémoire la plus heureuse ; à d'autres jours, au contraire, elle demeurait rêveuse, les yeux perdus dans le vague de la songerie, et on la gourmandait pour sa paresse. A d'autres jours encore elle était d'une espièglerie à mettre tout le couvent sans dessus dessous. Les sœurs la punissaient ces jours-là en essayant de l'humilier. Mais elles ne pouvaient jamais lui tenir pendant longtemps rancune. Raphaëlle était si bonne que toute colère se fondait à son sourire. Un charme émanait de toute sa personne. Elle était fraîche, gracieuse, souple, et d'une gentillesse à désarmer tous les croquemitaines du monde. Que de fois elle s'en alla vers Marthe pour lui dire :

— O ma grande ! ma grande ! je crois que j'ai encore fait une sottise !

Et Marthe parfois arrangeait les choses dans la mesure du possible mais non sans un secret ressentiment.

Car il se passait une chose curieuse : de tout le couvent Marthe était l'une des meilleures élèves et Raphaëlle incontestablement l'une des plus souvent punies ; or c'est Raphaëlle que tout le monde préférait. Dans la maison paternelle le même phénomène se produisait. Marthe sans doute était toujours la préférée, mais avec quel charme subtil Raphaëlle avait pris possession du cœur de son père et de sa mère adoptifs ! Lobriet surtout, s'il se sentait pour sa fille un amour plus robuste et plus net, se sentait une infinie faiblesse pour la douceur de Raphaëlle. Mme Lobriet disait souvent : « Je ne sais laquelle je préfère. » Et ce groupe familial aurait pu être heureux sans restriction si de l'amertume ne s'était à la longue amassée dans le cœur de la fille aînée.

Il arriva en effet entre les deux

jeunes filles ce qui arrive si souvent dans les collèges, une sorte de rivalité amoureuse.

La sœur qui professait les cours d'histoire et d'instruction religieuse s'appelait sœur Marie des Anges. Elle était encore jeune et d'une jolie pâleur transparente qu'affinait encore le blanc virginal de la guimpe et du béguin. On ne connaissait pas la couleur de ses cheveux, mais on les devinait du même brun doré que les yeux qui brillaient dans ce visage mat avec un étrange éclat passionné. Sœur Marie des Anges avait pris sur toutes les élèves un ascendant irrésistible. Nul éloge ne valait un mot de sa bouche, nulle punition ne valait un blâme de ses lèvres. Toutes les pensionnaires se pressaient autour d'elle avec un grand désir d'être la préférée. Sous sa direction des miracles s'étaient accomplis. Telle paresseuse était devenue ardente au travail, telle coquette se montrait presque négligée, telle bavarde incorrigible faisait une journée sur deux un vœu solennel de silence.

Mais le triomphe de sœur Marie des Anges fut la conversion de Raphaëlle. Celle-ci n'avait plus de volonté qui ne fût celle de sa directrice. Elle était en passe d'étonner le couvent par une piété exemplaire et sa passion de l'étude. Les résultats étaient si évidents qu'une sorte de tendresse unit à Raphaëlle la sœur Marie des Anges. On les rencontrait ensemble dans les couloirs. Parfois au milieu de l'étude la sœur faisait appeler son amie et toutes deux se promenaient dans les jardins. Cette affection publiquement témoignée créait à la jeune fille une situation privilégiée. D'autres élèves s'en plaignirent. Marthe en souffrit plus que les autres. Et ce sentiment l'éloigna quelque temps de sa sœur. Car, si bonne élève qu'elle fût, elle n'avait jamais obtenu de la professeur préférée que de la stricte justice. Médiocre consolation ! Une sorte d'envie commune rapprocha l'une de l'autre quelques élèves mécontentes. Elles se mirent à causer. Sans qu'on sût exactement comment cela s'était produit, une légende commença à circuler sur l'amitié de Raphaëlle et de la sœur Marie des Anges. Un jour Marthe eut l'idée abominable de glisser à l'oreille d'une élève qu'une de ses amies les avait vues s'embrasser. La rumeur courut. Une autre élève plus perfide encore ajouta que c'était sur la bouche et la calomnie, adroite et vague, venue on ne sait d'où, alla si bien grandissant qu'un jour elle éclata comme un scandale. Ces histoires, dans les couvents, se terminent toujours de la même manière. La mère prieure était timide. Elle ne crut pas une minute à cette cabale, mais elle crut agir pour le mieux en changeant de division la sœur Marie des Anges. Pendant quelque temps Raphaëlle fut tenue comme en suspicion.

Petite âme tendre, elle ne se consola jamais d'avoir été pour celle qu'elle aimait la cause d'un désagrément. Elle ne comprenait pas de quelle vilaine atmosphère on l'avait entourée, et de ne plus se sentir près du cœur de son amie, son petit cœur en crevait de douleur. Que de larmes elle versa ! Ce fut le premier grand chagrin de sa vie. Si elle avait appris que Marthe était le principal auteur de cette invention diabolique, elle l'eût pour toujours prise en horreur. Mais elle était trop foncièrement bonne pour saisir les fils trop enchevêtrés de la trame, et elle se contenta de souffrir en silence, de pleurer et de renoncer à toutes ses bonnes résolutions.

M. et Mme Lobriet, naturellement, avaient ignoré ces complications. La grande douleur de Raphaëlle leur parut être un gros chagrin de petite fille. Ils continuèrent à croire que l'amitié la plus tendre unissait leurs deux enfants.

Un autre fait très significatif aurait pu cependant les éclairer, mais ils n'avaient ni l'un ni l'autre la faculté d'observation. Les deux jeunes filles sortirent ensemble de pension. Le jour de la distribution des prix, pour rehausser l'éclat de la cérémonie, les sœurs avaient organisé une représentation d'Esther à l'instar de celle de Saint-Cyr. Bien que Raphaëlle ne fût point parmi les meilleures élèves, on avait dû lui confier le rôle de la Reine. Sa joliesse, sa voix pure, la grâce de toute sa personne, ses dispositions naturelles à dire les tendres propos étaient un élément de succès trop évident pour que les organisatrices consentissent à s'en priver. Le jour de la distribution, Marthe obtint tous les premiers prix. On lui donna une couronne d'or, on la fit asseoir dans les premiers rangs, elle connut un moment d'orgueil, tout son visage rayonnait. Raphaëlle ne fut même point nommée. Mais quand la représentation commença, les rôles furent intervertis. Raphaëlle dans son personnage se montra si noble, si gracieuse, si simple, si grande et si touchante, que l'assistance fut conquise. Ce ne fut au cours de la tragédie que bravos et acclamations. Elle était vraiment la Reine par douceur et mansuétude. A mesure que le succès devenait un triomphe, qui eût observé Marthe l'eût vue peu à peu s'attrister. Ses yeux tout à l'heure joyeux s'embrumaient de pensées mauvaises. Un pli se creusait aux commissures de ses lèvres, et bien qu'elle s'efforcât de sourire et même parfois d'applaudir, chaque réplique heureuse lui faisait mal comme une humiliation personnelle.

Quand tout le monde sortit de la salle, commentant la beauté de l'actrice, Marthe se détacha un moment de la foule et jeta dans le soupirail d'une cave sa belle couronne de lauriers d'or. Le succès de Raphaëlle lui avait gâté son propre triomphe. — Telles quittèrent le couvent les deux jeunes sœurs adoptives; telles les retrouvait-on aujourd'hui à cette soirée de fiançailles. Comme il arrive presque toujours, les années en se succédant avaient accentué plutôt qu'effacé les différences de caractère. Marthe grave et sombre se promenait au bras de Dolbert, Raphaëlle tendre et rieuse donnait le bras à Ollivier.

Une crise cependant se préparait. Une rivalité plus vive que les autres mettait de nouveau Marthe face à face avec Raphaëlle. Toutes deux voulait conquérir Ollivier, et l'aînée sentait bien que la cadette avait sur elle de l'avance. Mais un fait depuis quelque

temps donnait à Marthe une quasi certitude du succès. Ecoutant un jour à la porte de la chambre où son père et sa mère causaient du mariage futur de leurs enfants, elle avait surpris le secret que ses parents n'avaient pas crû nécessaire de lui apprendre encore, elle savait que Raphaëlle était une enfant naturelle. Et bien que ce mot n'évoquât pour elle qu'une idée assez imprécise, et qu'elle n'en comprît pas exactement toute la portée, elle sentait bien que c'était une tare et qui pouvait lui donner l'avantage.

Aimait-elle cependant le jeune homme qu'elle convoitait? Peut-être croyait-elle l'aimer. Elle ne se rendait pas compte que d'avoir saisi entre Raphaëlle et lui quelques signes de sympathie cela l'avait tout de suite stimulée. Elle avait l'esprit ainsi fait qu'elle ne tenait à rien qui ne fût pour les autres un objet d'envie, et par une juste réciprocité se sentait immédiatement attirée par tout ce que les autres paraissaient désirer. Sentant que l'intimité grandissait entre Ollivier et Raphaëlle, elle avait décidé de brusquer le choix du jeune homme. Aussi s'était-elle faite ce soir-là aussi belle que possible, et se regardait-elle de temps en temps dans les glaces avec un coup d'œil interrogateur. Elle pouvait se croire belle. Ses traits étaient réguliers, ses cheveux abondants et noirs, ses yeux brillants et ses dents intactes. Mais elle ne pouvait se rendre compte elle-même de l'impression générale que donnait son visage qui exprimait la dureté, l'égoïsme et l'audace, autant que le visage de Raphaëlle respirait la douceur, la tendresse et le plaisir de vivre. Ni dans la démarche, ni dans le geste, ni dans la voix elle n'avait rien d'une jeune fille. Se croyant victime, elle souffrait déjà de son inutile beauté.

Depuis le début du bal Marthe pensait aux choses qu'elle allait dire. Le moment arriva. Edmond Ollivier vint l'inviter pour une valse. La mousseline de Raphaëlle tourbillonnait déjà dans un autre salon.

— Causons un peu, dit Marthe, voulez-vous? Je me sens peu envie de danser.

— Très volontiers, répondit Ollivier, je n'ai pas non plus le cœur à sauter comme un étourneau.

— Auriez-vous des choses graves à me dire ?

— Peut-être.

— Et moi aussi. Allons causer.

L'entretien commençait sur une équivoque. Car si Ollivier entendait parler de la résolution formelle qu'il venait de prendre de demander la main de Raphaëlle, Marthe espérait bien au contraire qu'il répondait à son propre désir.

— Imaginez-vous, dit Ollivier sur un ton enjoué, quand ils furent passés dans le petit salon, que j'ai envie de me marier !

— Vous avez bien raison, répondit Marthe, seulement il faut bien choisir.

— J'espère que j'aurai votre assentiment, c'est un choix qui vous touche de près.

A cette parole Marthe rougit de plaisir. Involontairement elle jeta un petit coup d'œil triomphant du côté du salon où dansait Raphaëlle, et il y avait dans ce regard de la joie, de l'orgueil et je ne sais quelle rancune satisfaite. Elle se contint pourtant et répondit en souriant :

— Je vous donnerai un avis désintéressé.

Alors il dit très nettement :

— J'aime Mademoiselle Raphaëlle.

La foudre éclatant aux pieds de quelqu'un ne causerait pas plus grande stupeur. Presque inconsciente, elle demanda : Vous dites ? comme si elle avait mal entendu. Et le jeune homme répéta textuellement :

— J'aime Mademoiselle Raphaëlle. Ne vous en étiez vous point aperçue?

Ils s'assirent tous les deux sur un canapé qui se trouvait libre. Marthe se sentait défaillir.

Egoïsme éternel de l'amour ! Si sensible aux moindres émotions de celle qu'il aimait, Edmond ne s'apercevait pas des sentiments dont il était l'objet. De même qu'il n'avait pas remarqué l'adroit manège dont Marthe l'enveloppait depuis plusieurs semaines, il ne saisit qu'à peine le trouble dont il était cause.

Mais Marthe était énergique et tenace. Elle reprit vite possession d'elle-même :

— Si c'est un conseil que vous me demandez, dit-elle d'une voix altérée, comment voulez-vous que je ne vous approuve pas? J'aime Raphaëlle comme ma sœur. Elle est jolie. Je comprends qu'elle vous plaise. Lui avez-vous déjà parlé de vos projets ?

Il avoua ne pas l'avoir encore osé :

— Je suis timide, ajouta-t-il, et c'est un sujet difficile. En vous en parlant d'abord j'espérais que peut-être vous pourriez — entre jeunes filles — lui demander ce qu'elle pense de moi...

— Vous m'aviez donc choisie comme intermédiaire ?

Il ne sentit pas l'ironie glaciale de cette réponse. Il répondit bénévolement en s'étendant sur la confiance que lui avait toujours inspiré son sérieux et sa façon d'ordinaire si nette d'aborder les cas difficiles...

Pendant qu'il parlait, Marthe paraissait plongée dans la méditation. Savoir que Raphaëlle n'avait pas encore accepté lui rendit du courage. Peut-être pouvait elle encore tout ressaisir.

— Je ne sais, dit-elle enfin comme se parlant à elle-même, si je dois accepter la mission que vous m'offrez ; je vous aime beaucoup tous les deux, je me demande si vous serez heureux...

Et comme Ollivier la regardait avec étonnement, elle commença des explications.

Que de précautions oratoires ! Quelle adresse ! Que de protestations d'affection pour sa petite sœur, que de marques d'attachement pour Ollivier lui-même ! mais aussi quel joli exposé de tous les défauts de Raphaëlle et de toutes les oppositions de caractère entre elle et Ollivier !

Toute entière au désir de rompre ce mariage, Marthe trouvait d'instinct les finesses d'un diplomate de carrière. Et chaque observation défavorable servait par le contraste à la mettre en valeur.

Elle insista sur la frivolité, sur l'inconstance, sur la légèreté de Raphaëlle. D'un battement de cils elle la désignait tourbillonnant dans le grand salon au bras d'un autre valseur et son geste semblait dire :

— Vous voyez quelle différence il y a entre nous !

Ollivier écoutait, ne se rendant pas compte encore de la situation.

Son silence encourageait Marthe. Elle se décida à frapper le grand coup.

— Il y a encore une chose qu'il faut que je vous dise parce que nous parlons maintenant à cœur ouvert et que d'ailleurs vous l'apprendriez à la première question que vous poseriez à mon père : Raphaëlle n'est pas ma sœur...

Et, féroce jusqu'au bout, elle fit entrevoir d'un petit geste grand comme le monde tout l'inconnu gros de menaces que comportait une telle obscurité d'origine...

Ce geste là était de trop. Il manifestait trop clairement le sentiment véritable de celle qui parlait. Ollivier revint à lui comme d'un songe. Il eut un moment d'indignation.

— Vous la haïssez donc? lui dit-il. Et comme Marthe stupéfaite d'avoir si mal caché son jeu ne trouvait rien à lui répondre, il reprit, énergique et pâle : — Je vais lui parler moi-même ! Il se leva d'un geste sec, se dirigea vers Raphaëlle, et lui offrant le bras d'un air d'autorité, commença de lui

parler avec animation, sans rien lui dire toutefois de l'entretien qu'il venait d'avoir.

Marthe le regarda partir comme un volé réduit à l'impuissance regarde s'enfuir son voleur. Dolbert passait à quelques pas de l'endroit où elle se trouvait. Spontanément elle se dirigea vers lui, et, rageuse, lui saisit le bras du même air de conquête qu'elle avait vu à Ollivier.

— Ne pensez-vous pas, lui dit-elle, que nous serions heureux ensemble ?

C'est ainsi que se fit le mariage de ces deux jeunes filles. Il y a dans la plupart des choses humaines une grande part d'ironie. S'ils avaient su toute la vérité, M. et Mme Lobriet se fussent moins réjouis d'apprendre les fiançailles de leurs enfants. Et bien des choses qu'ils ne s'expliquaient pas leur fussent clairement apparues. M. Lobriet, par exemple, eût compris pourquoi le front de Marthe demeura soucieux pendant toute la période des fiançailles et pourquoi elle montra une si vive répugnance à ce que son mariage fut fixé le même jour que celui de Raphaëlle (il avait fallu que son père le lui imposât par un acte d'autorité) et il aurait compris surtout les raisons cachées d'une décision qui lui causa le plus vif étonnement : Ollivier refusa la dot que M. Lobriet lui offrait. Sa fortune lui permettait ce luxe de délicatesse. Il ne voulait que remercier ses beaux-parents futurs du soin qu'ils avaient pris d'élever Raphaëlle.

M. Lobriet ne comprit rien à ce refus mais respecta les scrupules de son gendre. En apparence, d'ailleurs, l'union était parfaite entre les membres de cette famille. Dolbert et sa fiancée étaient graves, Ollivier se montrait avec Marthe d'une correction parfaite, et Raphaëlle qui ne savait rien de tout ce qui s'était passé à cause d'elle et qui n'avait connu qu'au dernier moment son véritable état-civil, se montrait depuis cette nouvelle d'autant plus tendre pour Ollivier, d'autant plus reconnaissante pour M. et Mme Lobriet, et d'autant plus affectueuse pour Marthe.

— Tu seras toujours « ma grande », lui disait-elle en l'embrassant.

Et dans cette maison du faubourg Saint-Denis, pendant toute la période qui précéda le mariage, Raphaëlle fut un oiseau léger, babilleur et content de son sort.

❧ ❦ ❧

A quelque cinq ans de là, la jolie Mme Ollivier (presque tout le monde avait pris l'habitude de l'appeler ainsi) venait de se séparer en l'embrassant affectueusement d'une de ses amies qui habitait un bel immeuble de la rue La Boëtie. Les mardis de Mme Thomson étaient célèbres. Comme elle était la femme d'un illustre chef d'orchestre, on entendait d'ordinaire chez elle de l'excellente musique et sa qualité d'américaine faisait de son salon une sorte de terrain neutre où se confondaient, pour quelques heures, les artistes, les gens du monde et même quelques jolies femmes dont on ne connaissait pas le mari mais qui n'en étaient que plus élégantes. Ce jour là, la réception avait fini plus tôt que de coutume. Il n'était guère que six heures et demie et le grand salon était vide. Dans le petit salon de damas jaune, discrètement éclairé d'une lumière tamisée par de petits globes de dentelle rose, il ne demeurait que la maîtresse de la maison, un jeune peintre encore sans réputation, et deux ou trois amies intimes. Une flambée de bois crépitait dans l'âtre et atténuait la fraîcheur déjà pénétrante de cet octobre précoce.

— Mme Ollivier a donc sa voiture maintenant ?

— Mais oui, dit Mme Thomson, son mari la lui a donnée la semaine dernière. Il paraît qu'il ne lui refuse rien.

Il y avait un peu d'amertume dans cette réponse. Un silence lui succéda pendant lequel on entendit décroître sur le pavé de bois le roulement assourdi du coupé, et la rue redevint déserte.

— C'est vraiment une femme heureuse, reprit Mme Thomson avec un petit accent de regret dans la voix, elle est jolie et riche, elle a un mari qui l'adore et une petite fille qui est une merveille, je ne lui ai jamais connu un véritable ennui.

— Quelle belle toilette elle avait ! dit Mme Mayer du Grey, on eût dit une poupée vêtue de velours et de brocard ! Et en disant cela elle

soupirait un peu, car elle était elle-même vêtue d'une toilette noire des plus simples et qui ne faisait un instant illusion que par le miroitement de paillettes en jais.

— Est-ce vrai, dit Mme de Brey, que c'est la fille d'un condamné?

Et toutes se retournèrent vers Mme Thomson, comme pour attendre la vérité définitive.

Celle-ci laissa attendre un moment sa réponse. Il était visible, que cette hypothèse ne soulevait en elle aucune indignation car les femmes trop jolies n'ont guère d'amies véritables.

— Nul n'a jamais pu le savoir, dit-elle enfin en souriant, quand les parents de Mme Dolbert l'ont recueillie, on venait de la déposer à l'Assistance publique. Personne n'a jamais fait de recherches à son sujet.

— Elle a eu vraiment de la chance, dit encore Mme de Brey, mais comment son mari gagne-t-il tant d'argent?

A ce moment le jeune peintre détourna la conversation. Prenant prétexte de la part de hasard qu'il y a dans toutes les fortunes il cita deux ou trois exemples et lança sur une piste nouvelle ces bavardeuses parisiennes.

La manœuvre fut si bien faite que personne ne la remarqua. Un observateur eût saisi cependant combien était pâle et contraint pendant cette conversation ce frêle jeune homme blond dont le mobile visage reflétait toutes les impressions. Teyran souffrait réellement quand on parlait devant lui de Mme Ollivier. Et non seulement parce qu'il appréhendait toujours qu'on ne froissât ses sentiments par quelque parole légère, mais encore et surtout parce qu'il craignait qu'on ne devinât ces mêmes sentiments. Depuis tantôt quatre mois, il fréquentait assidûment les salons où il avait chance de rencontrer celle qu'il aimait. Presque toujours, soit qu'elle l'eût prévenu, soit qu'il l'eût devinée, il s'y trouvait à la même heure qu'elle, mais, par une attention de toutes les minutes, il avait réussi à écarter tous les soupçons. Avec sa jolie figure entièrement rasée, son profil régulier, sa bouche rose et ses yeux clairs, fort élégant de toute sa personne et toujours habillé avec le plus grand soin, il ressemblait à je ne sais qu'elle cornette d'un régiment de Louis XV, en tout cas à un cadet de bonne race, vigoureux et adroit. Bien qu'un peu hautain il était l'ami de tout le monde. On lui attribuait un grand nombre de bonnes fortunes, mais on ne parvenait jamais à préciser une aventure sérieuse. Il aimait qu'on dit de lui : « il fait la cour à toutes les femmes », il lui eût été odieux qu'on pénétrât les secrets de son cœur.

Pendant que se terminait ainsi par quelques paroles d'envie la réception où elle avait si vivement brillé, Mme Ollivier roulait sur le pavé de Paris. Elle avait donné au cocher l'adresse lointaine d'une de ses amies. Elle éprouvait le besoin impérieux de parler d'amour. Certes elle ne serait pas assez imprudente pour faire à qui que ce soit la confidence de sa passion grandissante mais il y a des jours où tant de secret étouffe une petite âme sincère. Et pendant que le coupé parcourait boulevards et carrefours, elle aurait voulu, la gentille Parisienne, pouvoir raconter à quelqu'un les tendres débuts de son idylle. Dans ce petit intérieur capitonné qui fait de la voiture d'une jolie femme une sorte de boudoir roulant, elle était nonchalamment assise, presqu'à demi couchée sur les coussins épais. Elle avait ouvert son manteau et l'avait rejeté derrière elle comme une chape. Sa robe dessinait la courbe de son corps et prenait dans cette pose négligée des cassures imprévues et charmantes. Machinalement elle avait pris un miroir sur la tablette qui lui faisait face et où était symétriquement rangé tout un attirail d'inutilités. Elle s'admirait avec un joli sourire qui découvrait ses dents petites et blanches, regardait avec intérêt les boucles à demi flottantes de ses cheveux blonds, et jetait un coup d'œil rapide sur son amour de petit chapeau au-dessus duquel tremblaient et se mêlaient les pistils élancés d'une aigrette.

— Comme je suis heureuse ! murmura-t-elle à demi-voix.

Le miroir retomba de sa main, ses yeux prirent une expression plus vague, une vision imaginaire flotta un instant devant elle et par la magie du souvenir l'image de Jacques Teyran succéda sur sa pupille au spectacle des réalités.

Elle se rappelait bien comment elle l'avait rencontré, un soir frileux de tempête et de neige — exactement le 31 décembre de l'année qui venait de finir — et précisément chez cette même Mme Thomson où elle faisait, ce jour là, une visite de nouvel an. Comme elle n'avait pas encore sa voiture à ce moment, elle s'était plainte dans le courant de la conversation de la difficulté de trouver un fiacre par un si mauvais temps, une veille de premier janvier ! Il l'avait écoutée d'un air méditatif. A peine si ses yeux s'étaient détachés d'elle. Lorsqu'elle redescendit l'escalier pour sortir, elle le trouva, comme par hasard, à ses côtés. Il lui demanda respectueusement de l'aider à trouver un cocher, et elle le revoyait encore, par la bourrasque, son chapeau de soie tout de suite inondé, ses fins souliers vernis prenant un aspect lamentable, courir dans tous les sens à la recherche d'une voiture ! Il en avait ramené une triomphalement,

elle y était montée toute heureuse, et elle se souvenait bien d'une minute d'hésitation : devait-elle l'inviter à prendre place à côté d'elle? mais cela lui parut trop hardi, elle donna simplement son adresse. Et voici que par le souvenir il lui semblait l'apercevoir encore, à la porte de ce fiacre, tête nue sous la rafale, et transmettant tristement au cocher le nom de la rue et le numéro. Pourquoi cette première rencontre avait-elle fait sur son imagination une si vive impression? Maintes fois elle avait pensé à ce jeune homme si aimable. Elle s'était informée de son nom qu'elle avait mal compris dans la présentation. Un ins-

tinct secret l'avertissait qu'il jouerait un rôle dans sa vie. Et voilà qu'un samedi d'avril, à une matinée littéraire, rue Chaptal, elle s'était trouvée soudainement en face de lui. Il l'avait regardée distraitement, sans doute sans la reconnaître, et il causait familièrement avec une jeune femme exubérante.

Pourquoi avait-elle désiré attirer de nouveau son attention? et pourquoi, le voyant absorbé, avait-elle eu l'audace de l'aborder la première et de lui rappeler la soirée de décembre? Comme s'il était mû par un attrait irrésistible, il avait immédiatement quitté son interlocutrice, avait accompagné Raphaëlle jusqu'au pas de la porte, et quelques jours après, venait lui rendre une première visite. Que de fois ils s'étaient revus depuis cette journée d'avril! Tantôt dans les allées du Bois, tantôt dans un théâtre, parfois en visite chez quelque amie commune, parfois dans un grand magasin. Il arriva même qu'un jour ils se donnèrent rendez-vous dans la gare du Luxembourg pour, comme un étudiant avec une grisette, prendre le train pour Robinson. Vagabondage d'amoureux qui ne savent pas tout ce qu'ils risquent! premiers aveux, premiers baisers, première escapade bras dessus bras dessous! Aujourd'hui elle s'étonnait d'une telle imprudence; ils avaient pris le thé sous une tonnelle au milieu des rires et des cris de toute une bande de jeunes gens, et ils étaient revenus serrés l'un contre l'autre dans l'étroit wagon de première, presque graves, comme s'ils avaient échangé une promesse définitive!

Elle en était là de ses souvenirs lorsque le coupé s'arrêta. Son amie n'était pas chez elle. Un peu désappointée, elle renvoya sa voiture et, comme le temps était sec, décida de faire quelques pas à pied. Mais la solitude lui pesait. Tout à coup l'idée lui vint d'aller rendre visite à « sa grande » qu'elle se reprochait de voir trop rarement. Mme Dolbert n'habitait pas très loin de là. Raphaëlle se réjouit d'avoir eu cette bonne pensée. Il y avait bien eu, en effet, entre les deux sœurs — puisqu'on continuait à les appeler ainsi — des froissements que Raphaëlle ne pouvait s'expliquer, mais le temps avait sans doute apaisé ces malentendus; une bonne visite effacerait tout.

Et l'entrevue fut en effet presque cordiale. Raphaëlle trouva Marthe un peu triste. Mais le bonheur de la plus jeune était si démonstratif qu'elle ne pouvait souffrir une ombre autour de soi. Comment pouvait-on être triste lorsque la vie était si belle, et si bonne, lorsque tout conspirait à nous rendre joyeux ? En un moment le salon maussade fut égayé par le babil de cette enfant. Elle ôta de son corsage un gros bouquet de violettes pour le mettre sur la cheminée, la chambre était illuminée de ce rire sonore, le tapis et les meubles avaient un friselis au glissement de cette jupe.

Mais, comme un papillon qui se fatiguerait, bientôt Raphaëlle fut moins gaie. La physionomie sévère de Marthe ne s'éclairait d'aucun sourire. Elle regardait étrangement ce petit oiseau sautillant, on eût dit qu'un travail obscur s'élaborait dans ce cerveau. Les paroles aimables, les « ma petite » et « ma chérie » ne concordaient pas avec l'expression de ce visage. Raphaëlle était trop enjouée pour le saisir exactement, mais sa nature impressionnable en eut vite la sensation.

A deux ou trois reprises Marthe l'interrogea sur les causes de son bonheur. Bien que cette défiance lui coûtât, Raphaëlle répondit évasivement. Elle se sentait peu à peu une sorte de malaise moral impossible à surmonter. Evidemment, et elle le savait mieux que toute autre, la nature de Marthe était à l'opposé de la sienne. Autant elle était confiante autant Marthe était réservée, mais cette différence de tempérament suffisait-elle à expliquer cette gêne qui grandissait entre les deux amies ? Raphaëlle devait toujours ignorer dans quelles conditions son mariage s'était fait et quelle étrange conversation son mari avait eue avec Marthe avant de lui demander solennellement d'être sa femme. Si elle avait connu ces détails, peut-être se fût-elle moins étonnée de la fixité du regard qu'elle sentait parfois se poser sur ses yeux, peut-être se fût elle inquiétée de la politesse un peu affectée, de l'amertume inexpliquée de certaines répliques ; mais elle était si loin de toute mauvaise pensée qu'elle ne chercha même pas à expliquer cette froideur. Elle mit tous ses soins à cacher l'embarras dont elle ne pouvait se défendre et prit congé avec de bonnes paroles.

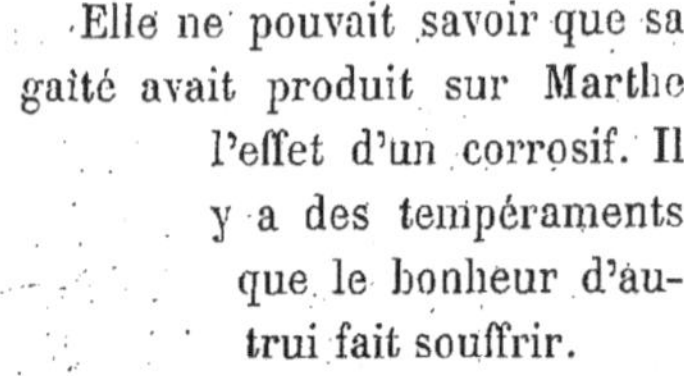

Elle ne pouvait savoir que sa gaîté avait produit sur Marthe l'effet d'un corrosif. Il y a des tempéraments que le bonheur d'autrui fait souffrir.

Raphaëlle ne se doutait pas que le seul aveu de sa joie intérieure avait barré d'un pli singulier le visage olivâtre de Marthe. Mais les femmes sont toujours un peu des sensitives. Quand elle sortit de chez Mme Dolbert, toute l'exubérance de Raphaëlle était tombée.

Elle essaya de se distraire en regardant des étalages illuminés. Le soir précoce, déjà sombre et glacé, pénétrait en elle. Des pressentiments obscurs l'avertissaient. Est-ce qu'il ne m'aimerait plus ? Telle fut sa première pensée. Et tout le cortège des difficultés apparut en un instant. Elle sentait bien qu'elle glissait sur une pente périlleuse. Toute cette idylle, comment se terminerait-elle ? et le mot fatal qu'elle n'osait s'avouer, il lui sembla qu'elle l'entendait distinctement, prononcé par une autre : êtes vous devenue la maîtresse de Teyran ? qui donc osait dire cela ! Tout son orgueil et son honnêteté se révoltaient. Parce qu'elle prenait plaisir à cette idylle s'ensuivait-il nécessairement qu'elle subirait la honte d'une liaison ? Elle se répondait non à elle-même. Cependant, comme elle était loyale, elle entendit une autre voix intérieure qui lui faisait des reproches précis : que

d'imprudences elle avait déjà faites ! Comme elle s'était vite laissée conduire sur ce chemin fleuri ! et tout ce respect et toute cette adoration de celui qui l'aimait, devait-elle croire vraiment qu'ils ne comportaient pas le désir d'une véritable possession ? Mme Ollivier se sentit toute bourrelée. Elle devinait bien qu'il était plus que temps de cesser ce jeu dangereux, mais elle sentait aussi qu'elle n'en aurait pas le courage. Et comme elle passait devant une église, elle se sentit si triste qu'elle entra. Dans l'ombre d'une voûte faisait une tache plus sombre encore l'ombre d'un confessionnal. Elle s'en approcha instinctivement. Ce grand secret qui l'étouffait, ce gage à prendre contre sa propre faiblesse, le besoin d'entendre dire qu'elle n'était pas coupable encore et qu'elle ne le deviendrait pas, le sursaut de son ancienne piété de petite fille, tout conspirait à l'inciter à des aveux. Ce prêtre anonyme, ce confident qu'on ne reverra jamais, voilà celui qui peut-être pouvait rendre la paix à son cœur agité. Raphaëlle s'agenouilla devant la planchette de bois. Et lorsqu'après le récit de ses imprudences elle entendit la voix paternelle du prêtre, il lui sembla que c'était sa propre conscience qui lui dictait sa conduite future :

— Fuyez les tentations, disait cette voix anonyme, rapprochez-vous de votre mari. Puisqu'il vous aime, le devoir en est plus facile ; consacrez-vous à votre enfant, donnez lui votre temps et vos soins, ne revoyez jamais ce jeune homme et gardez vous de lui écrire !

Comme si elle faisait écho à cette voix, Raphaëlle prenait de bonnes résolutions. Ces paroles tombaient sur son âme comme une ondée rafraîchissante. Elle se sentait plus affermie, meilleure et courageuse. Pauvre petite créature humaine, elle croyait être sûre de se vaincre elle-même et, dans son exaltation, il ne lui semblait même pas que le sacrifice dût être trop pénible !

Mais au fond d'elle-même demeurait une pensée mal formulée bien que persistante. C'est qu'elle se dupait elle-même, et qu'elle n'était entrée dans ce confessionnal que pour raconter son amour !

Il était nuit noire quand elle sortit de l'église. Elle n'eut que le temps de héler un fiacre pour n'arriver pas trop en retard sur l'heure de son dîner.

❧ ❧ ❧

Après le départ de Raphaëlle, Marthe était longtemps demeurée accoudée dans son fauteuil-bergère. Ce salon froid et triste où tous les objets coûtaient cher mais où l'on ne sentait nulle jeunesse, nulle fantaisie, s'harmonisait avec ses pensées. Pourquoi Raphaëlle après si longtemps était-elle venue faire étalage de son bonheur? Connaissait-elle ce qui s'était passé le soir des fiançailles? savait-elle aussi combien la vie familiale de sa sœur était sans joie et sans intimité? et quand Raphaëlle avait parlé de sa petite fille était-ce pour aviver le cuisant regret de son aînée, celui de n'avoir pas d'enfant?

Marthe cherchait ainsi dans les phrases les plus simples une maligne arrière-pensée. Peu sincère, elle croyait peu à la sincérité des autres. Elle cherchait perpétuellement le mobile secret des paroles et des actes, et de déduction en déduction, elle en arrivait parfois aux conclusions les plus fausses. Mais parfois aussi elle devait à sa défiance des découvertes curieuses. C'est quand on essayait de la duper qu'elle triomphait presque toujours. La droiture et la sincérité la jetaient sur de fausses pistes. Aussi se trompait-elle souvent quand elle jugeait Raphaëlle. Ne croyant guère à l'affectueux intérêt qu'avait provoqué sa tristesse, elle s'était bien gardé d'avouer qu'elle vivait avec son mari en perpétuelle mésintelligence. Elle aurait cru faire plaisir à celle qui la plaignait! Et elle n'avait pas dit non plus, malgré l'intimité apparente de leur causerie, qu'elle savait pertinemment que Dolbert consacrait à une ancienne maîtresse le peu de temps que lui laissaient ses affaires de banque. C'était là cependant la meurtrissure de sa vie. Etre jeune, et se sentir dédaignée par celui qu'on aurait voulu aimer, être orgueilleuse et s'apercevoir que l'on n'a été épousée que pour sa dot, être femme et n'avoir aucune des satisfactions de l'amour ni de la maternité, quelles blessures seraient plus cruelles?

Marthe ne se rendait pas compte que sa sécheresse de cœur au début de son mariage avait rendu toute intimité impossible. Elle ne se disait pas que ne croyant à l'affection de personne, elle se privait elle-même du plaisir d'être aimée, et qu'en souffrant du bonheur

des autres, elle se dévorait elle-même perpétuellement. Sa tristesse allait grandissant. Elle serait donc toujours l'éternelle sacrifiée! Qu'avait-elle fait au destin pour que rien ne lui réussît lorsque tout souriait aux autres? N'était-elle pas une femme comme les autres? et aussi belle et plus riche que bien d'autres? Et cependant nul ne l'aimait! Elle s'interrompit un instant de penser pour se regarder dans la glace. Bien que son teint n'eut aucune fraîcheur et que ses lèvres fussent minces, son nez busqué et son menton très volontaire, elle s'y contempla avec satisfaction. Son profil, somme toute, était régulier, ses cheveux étaient beaux, sa physionomie avait une certaine noblesse. Elle se jugeait d'une beauté sévère, mais elle se jugeait belle. Cette erreur avivait ses regrets. Pourquoi ne l'aimerait-on pas? Elle ne sentait pas que l'amour appelle l'amour et que la sécheresse de cœur n'engendre que de la sécheresse. Encline à faire expier à tout le monde ses rancœurs et ses déceptions, elle se meurtrissait elle-même avant de faire souffrir les autres autour de soi.

Cette petite Raphaëlle notamment l'exaspérait. Il lui semblait qu'il y eût de l'insolence dans cette joie harmonieuse, et elle croyait sincèrement que ce bonheur était fait des débris de son propre bonheur, puisqu'elle aurait pu épouser Ollivier si cette évaporée ne lui avait tourné la tête.

Qu'y avait-il gagné cependant, celui qui l'avait le premier dédaignée? Pouvait-il être heureux avec cette bergeronnette?

A mesure que Marthe serrait de plus près sa méditation, une certitude d'abord confuse prenait en elle consistance. Ce n'est pas dans son intérieur qu'une femme peut trouver tant de sujets d'allégresse; un bonheur purement conjugal a quelque chose de plus discret. Cet éclat dans les yeux, cet incarnat sur les joues, cette mobilité dans le geste et l'attitude, cette coquetterie et cette gentillesse, tout indiquait un bonheur plus profane. Raphaëlle était amoureuse. Peut-être avait-elle un amant! Et tandis qu'avec une patience tenace, Marthe cherchait à rassembler tous les indices qui concouraient à cette certitude commençante, un sourire amer se dessinait autour de ses lèvres. Ollivier serait donc trompé? quelle revanche ce serait pour celle qu'il avait dédaignée! et un besoin de savoir s'empara de Marthe à l'instant. Elle se leurrait que c'était de sa part pur caprice, désœuvrement de femme inoccupée, plaisir désintéressé de percer à jour une histoire qu'on aurait voulu lui cacher. Elle alla même jusqu'à se dire qu'il entrait aussi dans cette curiosité une sorte d'intérêt pour cette jeune amie d'enfance et même qu'il y avait peut-être de sa part une sorte de devoir moral à ne pas abandonner tout à fait à elle-même cette évaporée qu'elle avait si longtemps traitée comme sa sœur.

Comme le cœur est habile à se duper lui-même! A la minute même où Raphaëlle, toute frémissante et se croyant régénérée, sortait de l'église où elle était allée chercher un peu d'apaisement, Marthe, se croyant dans son droit, prenait la résolution formelle de savoir à quoi s'en tenir sur la vie intime de son amie. Et cela lui serait un but dans le vide de ses journées.

Le mardi de cette semaine-là, Raphaëlle avait rendez-vous avec Teyran chez lui. Mais elle avait décidé de ne pas y aller. Quand il le lui avait proposé — c'était pendant une promenade au Bois — elle avait tout de suite répondu qu'il était fou d'avoir osé lui faire cette proposition, et que jamais elle ne consentirait à une telle démarche. En vain l'avait-il entraînée dans une allée solitaire et lui avait-il démontré combien cette imprudence était moins grave que tant d'autres qu'ils avaient faites, en vain lui avait-il cent fois dit et redit quel plaisir il aurait à la recevoir une fois, une seule fois, dans son « home » et à lui en faire les honneurs comme à la véritable propriétaire, elle était demeurée inflexible. La forêt d'automne autour d'eux était somptueuse et mélancolique, les feuilles mortes tombaient une à une, chacun de leur pas faisait chuchoter le chemin. Ils marchaient l'un à côté de l'autre dans les derniers rayons du soleil se mourant. De loin en loin une silhouette de cavalier apparaissait entre les branches. Le vert et l'or des bois se nuançaient à l'infini. C'était l'heure d'un pâle coucher de soleil. Leur dialogue était grave et tendre comme celui de deux amants qui luttent contre leur propre passion.

— Si vous le vouliez, je vous ferais le don de toute ma vie.

— C'est justement ce que je ne veux pas. Aimons-nous encore quelques semaines et aux hirondelles prochaines vous ne penserez plus à moi.

Il se répandit en protestations ardentes. Cet amour était le premier de sa vie. Il ne sollicitait que de pouvoir aimer sans avoir l'ambition d'inspirer lui-même autre chose que de l'amitié amoureuse. Il essaya une fois encore de la convaincre.

Mais elle avait mis sur son épaule sa petite main potelée, et lui avait penché la tête vers la sienne ; la dernière phrase s'éteignit dans un baiser long et lent, le premier qu'elle lui donnât comme un sceau d'éternelle tendresse. Il était devenu très pâle. On eût dit que sa vie tout entière avait afflué à ses lèvres. Il aspirait le baiser comme une communion avec la personne tout entière de Raphaëlle et avec la splendeur de toute la nature où la beauté de la femme se confondait avec la beauté triste des feuilles alanguies. Quand il rouvrit les yeux son regard était chargé de langueur comme s'il eût connu toute la volupté.

— Dites-moi que vous viendrez. Je vous attendrai mardi à quatre heures. Mon atelier sera le reposoir de notre amour.

Elle lui répondit :

— Voici la fin de la petite allée. Séparons-nous avant que l'on ne nous remarque. Vous ne me reverrez que lorsque le hasard nous fera rencontrer.

D'un joli geste elle lui avait dit adieu, le laissant tout esseulé, et elle alla se mêler à la foule des promeneurs dans l'allée des acacias.

Voilà comment, le mardi étant arrivé, Raphaëlle s'attardait dans son cabinet de toilette, se disant que Teyran l'attendrait vainement et que pour rien au monde elle n'irait à ce rendez-vous.

Ce cabinet de toilette était vaste et peu encombré. Un grand lavabo de marbre blanc tenait toute la largeur de l'un des côtés. Une baignoire et un appareil à douches bordait l'autre paroi. Une longue table laquée de blanc, deux ou trois chaises de même couleur, une haute psyché en complétaient l'ameublement. Une natte finement tressée courait, bordée de rouge, d'un bout à l'autre du parquet. Raphaëlle commença à se dévêtir de sa toilette du matin. Le corsage enlevé mit à nu ses bras blancs, son cou svelte et le haut de son buste qui sortait du corset rose-tendre comme d'un calice entr'ouvert les pétales blancs d'une fleur. La jupe tomba sur ses pieds, couchée en rond comme une chatte. Puis le corset fut délacé, le pantalon se détacha, elle apparut en chemise blanche n'ayant plus que ses bas et ses bottines hautes. Devant la glace elle déroula les torsades de ses cheveux. Ses deux bras relevés laissaient voir une toison blonde semblable à un duvet. Et l'idée lui vint de se faire frissonner au contact de l'eau. La chemise glissa donc à terre comme le reste. Ses pieds libres et nus coururent sur la natte. Elle se plaça dans le grand bassin de métal. Une seconde d'hésitation, une pression rapide sur l'anneau de la cordelette et le jet lui tomba d'un coup sur les épaules et sur le dos. Frissonnement de tout le corps sous la caresse de cette eau ! sa peau se rétractait, ses seins devenaient durs, ses jambes se raidissaient dans une tension énergique et elle s'ébroua en poussant des soupirs, sa respiration devenue haletante comme son cœur qui bondissait à fleur de chair dans la poitrine.

Elle s'épongea longuement. Un peu de poudre rendit à son corps le brillant et la netteté. Et elle se trouva si fraîche, si rose et si pimpante qu'elle ne voulut remettre que du linge absolument frais, un pantalon de dentelle blanche, une chemise à collerette.

Tous ces petits soins familiers ne la détournaient pas du cours de ses pensées. Elle imaginait la joie puérile de Teyran s'il l'avait vue en pantalon. Elle pensait à lui dans le moindre de ses mouvements.

Lorsqu'elle fut dehors il n'était pas loin de quatre heures. Que ferait-elle de cet après-midi ? Elle se sentit si souple qu'elle désira aller à pied. Elle descendit donc au hasard l'une des avenues qui conduisent au rond-point des Champs-Elysées. Elle marchait d'un pas élastique, les yeux vifs, les lèvres humides.

Teyran l'avait-il attendue ? l'heure maintenant se passait. Il perdait sans doute tout espoir. A force de penser à lui elle eut la curiosité de savoir exactement dans quel décor il habitait. La rue La Bruyère n'était pas si loin qu'elle ne put s'y rendre à pied. Et ce lui était tout de même une satisfaction que de se rapprocher de lui et de se réserver la possibilité de lui dire plus tard :

— J'étais bien près de vous au moment où vous m'attendiez...

Elle marcha fort longuement en souriant à cette pensée. Elle parvint à l'angle de la rue Blanche et de la rue La Bruyère. Or à peine s'avançait-elle dans cette rue à demi-déserte, cherchant des yeux le numéro de la maison, qu'elle aperçut le jeune peintre appuyé sur la barre de sa fenêtre et qui guettait son arrivée. Elle eût un haut le corps et voulut retourner en arrière. Mais il avait déjà disparu. Elle n'avait pas fait douze pas qu'il la rejoignait, la forçait à se retourner, la priait, la suppliait, l'attirait, l'entraînait presque de force sous la porte laissée ouverte et avant même qu'elle se rendit compte de la réalité des faits, afin de ne pas prolonger une résistance qui attirait sur eux l'attention, elle gravissait avec lui le dédale de son escalier. Quelle hâte ! on eût dit que de chaque porte une de ses amies allait surgir ! elle ne se crut en sûreté qu'au quatrième étage dans le grand

atelier inondé de lumière et ce fut une détente de ses nerfs comme au sortir d'un accident. Mais il ne lui laissait pas le temps de se remettre :

— J'étais sûr que vous viendriez ! Vous n'auriez pas voulu me faire tant souffrir !

Elle avait à peine le courage de nier :

— Je vous assure que je ne faisais que passer. Je voulais voir votre maison. Je n'aurai jamais cru que vous fussiez à la fenêtre !

— Vous voilà, cependant, vous voilà ! voyez comme mon atelier s'est mis en fête pour vous recevoir !

Et d'un geste il embrassait les esquisses et les tableaux. Il y avait des fleurs partout. Une petite nappe sur un guéridon faisait luire deux petites tasses bleu et or. La théière était préparée. Une pyramide de gâteaux étageait ses croûtes dorées.

Elle osait à peine lever les yeux, elle abandonnait aux baisers la paume de ses mains à demi dégantées. Elle disait :

— Maintenant je m'en vais.

Et elle demeurait assise. Elle ne savait plus, vraiment, comment elle était arrivée.

S'il l'eût saisie à ce moment Teyran en eût fait sa maîtresse. Elle était sans force pour résister. Mais ce n'était pas un amoureux professionnel. Il était aussi ému que Raphaëlle pouvait l'être, il ne songeait qu'à lui faire oublier

ce que sa démarche avait de coupable. Il épiait aussi dans ces yeux adorés si son atelier ne donnait pas une déception ; car il était pauvre, ses quatre étages étaient durs, et cette grande pièce de sept cents francs par an doublée d'une chambrette avec un lit de cuivre c'était tout son domaine dans ce vaste Paris ! Il y avait une disproportion évidente entre cette simplicité et la créature de luxe qu'il regardait amoureusement. Mais tous deux étaient si jeunes, fleurant bon la simplicité, et si ingénument épris, et si blonds tous les deux, qu'ils formaient un groupe charmant.

Raphaëlle consentit enfin à ôter sa voilette. Elle regarda curieusement les ébauches et les dessins, grimpa sur un escabeau pour atteindre la baie vitrée et regarda l'horizon de toits et de cheminées. Puis avec une espièglerie de pensionnaire en escapade elle sauta de son perchoir et dit avec une jolie moue :

— Est-ce qu'il vient souvent des modèles ici ?

— Seriez vous jalouse de ces créatures ?

— Jalouse ! mais, mon ami, je n'en ai pas le droit ! Vous avez votre liberté. D'ailleurs vous ne m'apprendrez rien, je sais fort bien ce que sont les jeunes gens !

En affirmant ainsi sa connaissance des hommes, Raphaëlle prenait un air très sérieux. Ce n'est pas à elle qu'on raconterait des histoires ! La plume blanche de son chapeau avait un air victorieux.

Mais le peintre se récria :

— Il y en a qui sont assez jolies, mais si vous saviez comme elles sont pauvres et peu soignées, leur existence est fatigante et désœuvrée ; non ! il n'y a pas lieu d'en être jalouse ! et quand même par hasard quelquefois des peintres auraient eu cette faiblesse, quel rapport y aurait-il entre cet exercice à peine agréable et l'amour ?... l'amour !...

— L'amour, c'est de vous sentir là, blottie tout contre moi avec ma tête contre la vôtre. J'aime à sentir la courbe de vos joues, la tiédeur de votre corsage, la souplesse de votre taille. Vous regarder ! Vous entendre ! Jouir de votre présence ! Je donnerais ma vie pour un sourire de vous !

Comme il était gentil quand il parlait d'amour ! C'était pour Raphaëlle la plus délicieuse musique ; s'échappant du clavier de ses dents les paroles tombaient cristallines et sonores. Elle les recueillait doucement, lentement, elle aurait voulu s'y frôler comme elle se frôlait à ses cheveux bouclés.

Ils prirent ensemble le thé comme des écoliers qui feraient la dînette. De temps en temps ils s'interrompaient pour se mirer dans les yeux l'un de l'autre. Une douceur, un calme, une sérénité sans mélange étaient répandus autour d'eux. Ils étaient parfaitement heureux. Et Teyran ne songea même pas que l'heure était entre toutes favorable pour mettre entre Raphaëlle et lui quelque chose de définitif. A peine en eût-il l'idée, lorsqu'il sentit qu'elle allait s'en aller.

— Si elle ne revenait plus ! pensa-t-il. Je l'ai souvent entendu dire : si on les laisse une fois s'échapper, elles ne s'exposent jamais plus.

Il la saisit passionnément entre ses bras. Mais il se reprocha tout de suite cette violence. Leur amour était-il pareil aux passades qu'on lui avait contées ? Elle se donnerait un jour dans toute la plénitude de sa liberté ; trop de hâte gâterait tout.

Et il la laissa partir comme s'envole un oiseau un instant arrêté. Lorsqu'elle s'éloigna, il regarda longuement descendre et tourbillonner dans la cage de l'escalier la plume blanche de son chapeau. Tout de même un peu triste, il se disait qu'il vaut mieux être naïf que brutal, et que tout vient à point quand on aime vraiment.

Elle pensait en s'en retournant : « Je suis contente qu'il n'ait pas abusé, mais ce n'est pas un risque à courir plusieurs fois ! voilà un escalier que je ne monterai plus. »

Et tandis qu'elle s'en retournait, elle éprouvait un grand contentement d'être encore une honnête femme. Mais elle avait aussi une petite tristesse de n'être pas allée jusqu'au bout de l'amour et de s'être refusé un plaisir qu'au fond de son cœur, hélas, elle ne trouvait pas après tout si coupable !

Bien que Raphaëlle cachât son amour comme un christophore dissimule son hostie, ses yeux, sa bouche, l'aisance de ses mouvements, la ligne onduleuse de son corps, tout exprimait son bonheur de vivre :

— Comme vous êtes jolie, chère amie, vous avez l'air amoureuse!

Cette exclamation saluait son entrée dans le salon de Mme Thomson. Et toutes les femmes qui se trouvaient là appuyaient cette exclamation :

— C'est vrai qu'elle a l'air amoureuse ! de qui, mon Dieu, de qui ?

Et sur un air d'ironie mondaine, elles répétaient à l'envi cette question qui primait à leurs yeux toutes les autres : De qui Mme Ollivier pouvait-elle être amoureuse?

Un ou deux hommes perdus dans ce chœur féminin se lamentaient courtoisement — « quel dommage de n'être pour rien dans le bonheur d'une si jolie femme ! »

— Je vous ai rencontrée l'autre jour bien pensive à Montmartre, dit la jeune Mme Davron, vous ne m'avez même pas regardée !

— A Montmartre ! reprit Mme Dolbert en fixant Raphaëlle de ses yeux pénétrants, reveniez-vous du Sacré-Cœur ? c'est un bizarre rendez-vous !

Alors quelqu'un raconta d'une haleine le sujet du dernier roman de Paul Hervieu, le *Flirt*, et l'idée bizarre qu'il avait eue de donner pour lieu de rendez-vous à ses deux amoureux le sommet de l'Arc de Triomphe. On se mit à rire. La conversation dévia. Mais on continua à parler rendez-vous.

— La vérité dépasse souvent tous les contes de romanciers, dit encore Mme Perlet, vous souvenez-vous de la pauvre Mme Louvelay? elle avait eu, pendant son veuvage, une courte liaison avec un de nos hommes à la mode. Tout à coup, elle s'éprit, sans réserve, du directeur d'un journal illustré. Son amour était partagé. Le mariage allait combler tous ses désirs. Elle fit, auprès de son ancien amant, une démarche délicate pour obtenir qu'il lui rendît ses lettres. Il s'emporta, la supplia, et finit par les lui donner. Mais il avait gardé la plus compromettante. Et quelques jours après il l'envoyait au futur mari qui signifiait à la pauvre femme une rupture si ignomineuse qu'elle s'empoisonna de désespoir.

— Vous oubliez le plus joli, ajouta une jeune femme, il ne s'est pas contenté de renvoyer la lettre. Il en avait changé la date pour faire croire à son rival que les rendez-vous avaient continué sous son règne.

Teyran était entré à la fin de l'histoire. Son arrivée augmenta la gêne que les petites plaisanteries du début avaient causée à Mme Olivier. On le fit entrer de force dans la conversation. Presque toutes ces visiteuses connaissaient parfaitement les réalités de l'amour. Elles en parlaient librement et avec compétence.

— Ne trouvez-vous pas, dit encore Mme Perlet, qu'il y a chez tous les hommes un fond de lâcheté?

— Et chez presque toutes les femmes un tréfond de duplicité?

Celui qui disait cette phrase était un mari malheureux. Ancien substitut en province, il avait dû démissionner à la suite des scandales que sa femme avait provoqués. Encore jeune, bien qu'un peu chauve, très distingué, il avait repris à Paris son ancienne vie de célibataire. Il ne laissait passer aucune occasion de témoigner aimablement son dédain pour les femmes et sa désillusion. Cependant, par un illogisme bien naturel, il ne fréquentait guère que la société des femmes. Il s'appelait Le Barancey. Sa boutade souleva un concert de récriminations :

— Presque toutes ces aventures, dit sentencieusement Mme Dolbert finissent dans la boue et dans le sang. Que ce soit par la faute de l'homme ou par celle de la femme, il arrive toujours un moment où la vérité se découvre. C'est la honte, le divorce et le malheur de tout le monde. Les femmes ont bien tort de compliquer leur vie, surtout quand elles ont des enfants.

Elle savait bien, l'astucieuse Mme Dolbert, que ces paroles résonnaient au plus profond de l'âme de Raphaëlle. Elle goûtait une joie mauvaise à lui piquer le cœur comme avec une aiguille.

— Quelle erreur, dit une assez élégante personne qui n'avait guère de ménagements à garder, il est bien rare que les maris apprennent leur malheur ! et que de ménages, aujourd'hui admirables, qui, à certain moment, se seraient rompus avec éclat si la faute de la femme avait été connue ! Au bout de quelque temps les choses redeviennent normales, le mari garde sa confiance, la femme garde ses souvenirs et tout est pour le mieux dans le meilleur des mondes.

Cette philosophie parisienne paraissait devoir mettre tout le monde d'accord. Mais Marthe ne voulait pas qu'on demeurât sur cette impression :

— Cela n'empêche pas, ajouta-t-elle en forme de conclusion, que pour une minute de plaisir suivie de mille désillusions la femme aura trahi tous ses serments, risqué son honneur et celui de son mari, compromis pour toujours l'avenir de ses enfants. Et sans compter que ces liaisons finissent très souvent dans le dégoût et le réciproque mépris !

Alors Teyran prit la parole. Il avait senti la gêne que dissimulait Raphaëlle et combien cette discussion mondaine répondait à ses propres hésitations. Indigné des paroles de Mme Dolbert, il réclama, pour toutes les femmes, le droit à leur part de bonheur. Puisque toute la machine sociale était organisée de manière à ce que l'amour ne se trouvât jamais dans le mariage, fallait-il donc le rayer du nombre des sentiments humains ? tout être a le devoir d'aimer. C'est une noblesse de l'âme. Pourquoi la femme en serait-elle privée ? Qu'il lui suffise, pour tranquilliser sa conscience, de ne causer autour d'elle aucune douleur volontaire ! Et si le conflit éclate malgré elle la faute n'en doit être imputée qu'au mystérieux auteur de toutes choses ! on n'a pas le droit d'imposer à un être humain le sacrifice total de lui-même !

Un ricanement de Le Barancey coupa court à cet enthousiasme :

— Les femmes, s'écria-t-il, prennent des amants par sensualité, par curiosité et par besoin d'argent. Je me demande pourquoi les hommes les défendent.

Toutes les femmes se récrièrent. Décidément Le Barancey devenait trop cynique. C'était un homme à ne plus recevoir. Parce qu'il avait été trompé, toutes les femmes étaient-elles coupables ?

Mais Raphaëlle au milieu de ce brouhaha prit congé de Mme Thomson. Elle était pâle et torturée. Cette discussion lui faisait mal. Chaque phrase lui paraissait une goutte de boue. Etait-il donc possible qu'on parlât d'elle un jour avec ce luxe d'opinions ? Ah ! plutôt s'amputer soi-même de son cœur ! et bien qu'elle eût promis à Teyran de faire encore une visite où il se promettait de la rejoindre elle remonta dans sa voiture et donna l'ordre de retourner directement chez elle.

❦ ❦ ❦

Quoiqu'on fasse, quelque résolution que l'on prenne, quelque avertissement que le destin vous donne, la passion se fait son chemin. Raphaëlle avait dit: jamais plus je n'irai chez Teyran. A la fin de la semaine suivante elle se trouvait dans le même atelier de la rue La Bruyère.

Comment cela était-il advenu? il y a dans nos actions une grande part d'inconscient. Que de choses nous avons faites pour ainsi dire malgré nous! Si quelqu'un avait pu demander à Mme Ollivier comment il se faisait qu'après tant de résolutions elle fût revenue, de plein gré, où elle avait juré de ne plus revenir, elle n'aurait eu rien à répondre. Dès qu'on a le pied sur la pente, on glisse insensiblement d'une concession à une autre. Le courant vous emporte jusqu'aux extrémités. Elle n'avait d'abord accordé que le plaisir de la voir en visite, puis elle avait permis les rencontres au Bois, cela avait été ensuite cette escapade à Robinson; lorsque l'hiver était venu, elle avait accepté trois ou quatre fois, à la nuit tombante, de prendre une tasse de thé, en tête-à-tête, dans une pâtisserie peu fréquentée par leurs amis, et voilà que pour la seconde fois, aujourd'hui, elle se trouvait chez celui qu'elle aimait. Sans doute il n'y avait encore rien de définitif. Si imprudente que fût cette visite, Raphaëlle savait — et par expérience — de quel amour respectueux elle était l'objet, et elle était en droit d'espérer qu'elle s'échapperait de cette visite comme elle s'était déjà échappée de la première. Elle en était même si sûre qu'elle avait jugé indigne d'elle de prendre les précautions d'usage. Elle était venue directement sans

6

changer de fiacre et sans double voilette, elle s'était arrêtée exactement à la porte, et elle avait donné ses deux francs au cocher comme la chose la plus naturelle du monde. Elle eût presque osé arriver dans sa propre voiture! Il y avait sans doute de l'imprudence dans cette façon d'agir, mais aussi une certaine crânerie et comme le besoin de se persuader à elle-même qu'elle ne faisait rien d'absolument blâmable.

Teyran avait entendu la voiture. Du haut de l'escalier il avait tendu ses deux bras largements ouverts, et la porte n'était pas encore refermée qu'ils se serraient l'un contre l'autre dans une étreinte passionnée.

Raphaëlle s'en détacha la première. Elle ôta gentiment les brides de son chapeau et le mit en riant sur le crâne de plâtre d'un moulage antique, puis elle présenta les mains au feu de bois qui crépitait dans le foyer.

— Je suis ici pour vingt minutes. J'ai un rendez-vous à cinq heures pour une robe très pressée.

Devant la flamme était étendue une grande peau d'ours blanc, dernier achat du jeune homme qui ne trouvait plus rien de trop cher pour meubler l'atelier où Raphaëlle consentait à venir.

Ils s'assirent tous les deux sur cette peau, les jambes repliées, les mains en écran pour préserver le visage de la réverbération.

— Si je suis venue, lui dit-elle câlinement, c'est, d'abord, parce que vous aviez l'air trop triste, je ne veux pas que vous soyiez jamais triste à cause de moi. C'est encore — mais surtout — pour dissiper votre mauvaise pensée. Comment avez-vous pu croire, vilain, que je ne voulais plus venir à cause de la simplicité de votre appartement! mais c'est, au contraire, une des choses que j'aime le mieux en vous, cette modestie dans l'organisation de la vie, vous êtes un travailleur, vous avez pour vous l'avenir! Elle lui donna deux petits baisers sur les yeux pour le punir de n'avoir pas vu clair, deux petits baisers sur le front pour le punir de sa mauvaise pensée, puis elle s'écria que pour mieux punir encore la bouche qui avait proféré la méchante parole, elle ne l'effleurerait même pas d'un baiser.

Alors ce fut un jeu imprévu et charmant. Il voulait lui saisir les lèvres, elle s'y refusait. Il la saisit par la taille. Elle se déroba. Il lui prenait la tête entre les mains; d'un mouvement rapide elle détournait la bouche. Tout son visage fut couvert de baisers, mais ses lèvres eussent échappé si elle ne les lui avait données, dans un abandon d'elle-même qui ressemblait à un évanouissement. Avait-elle présumé de ses forces ? la griserie de leur tendresse les avait-il comme énivrés? les mains crispées de Raphaëlle serraient les mains du jeune peintre. Elle était à demi renversée sur l'épaisse peau d'ours. Le feu de bois, en les illuminant, leur mettait du feu au visage. Teyran la saisit tout à coup par un bras passé à la taille qui lui soutenait en même temps la nuque. Poitrine contre poitrine, les jambes se mêlant, les mains fiévreuses, les yeux perdus, ils buvaient coup sur coup le baiser comme un philtre. Insensiblement la caresse du jeune homme devenait plus intime. Comme des doigts courraient en arpèges sur un clavier, sa main, sur tout le corps de Raphaëlle, montait et descendait comme un frôlement d'ailes. De courts frissons les agitaient tous deux. Ils se sentirent entraînés par l'impétuosité du désir. Tout à coup il se trouva qu'elle s'était donnée dans un engourdissement voluptueux brusquement déchiré par l'éclair de la sensation. Alors elle étreignit fièvreusement la poitrine haletante du jeune homme, elle se tordit dans un spasme et demeura inerte, la figure cachée dans les mains, étendue de tout son long sur le duvet soyeux et blanc, petite masse de vêtements froissés et de cheveux en désordre, sur laquelle faisait courir des reflets vacillants les flammes du grand feu de bois.

Lorsqu'ils se relevèrent, au lieu de tristesse, de gêne ou de regret, une sorte d'apaisement était en eux. Ils se regardèrent en souriant. Il fallait donc que cela advînt! C'était une conclusion inévitable à leur amour, mieux valait que cela fut arrivé ainsi, par une sorte de complicité tacite avec les circonstances. Il y avait entre eux, désormais, un pacte librement consenti. Le calme succédait aux agitations. Ils avaient la sensation qu'une éternité bienheureuse commençait à s'ouvrir pour eux en cet instant. Quelle magie dans ce mot : toujours!

Ils n'avaient nul remords — nulle peine — nul souci. Ils étaient heureux. Ils s'aimaient.

Que de tristesses pourtant tous deux se préparaient!

❧ ❧ ❧

Marthe connaissait Teyran pour l'avoir rencontré dans le cercle de Mme Thomson. Comme il était naturellement aimable et traité presque en chérubin par les habituées de ce salon, elle avait pris plaisir à le voir. Elle se souvenait aussi qu'un jour qu'ils s'étaient échappés en même temps d'une conférence de la Bodinière. Il lui avait fait quelques éloges délicats qu'elle avait vivement goûtés. Un flirt s'était même un instant ébauché, car il avait un si joli visage et une voix si pénétrante qu'elle eût aimé à poursuivre l'aventure. Mais il n'avait pas continué à rechercher les occasions de la voir et ce quasi-abandon lui avait été d'autant plus sensible qu'elle était encline à exagérer les moindres blessures d'amour-propre. Pourquoi, se disait-elle souvent, pourquoi ne m'aime-t-on pas comme on aime les autres? Deux fois elle avait eu un commencement de flirt, deux fois les amoureux s'étaient lassés presque tout de suite; le premier avait été Teyran et le second Le Barancey. Ces deux essais si tôt finis n'étaient pas encore oubliés.

Cependant depuis la visite de Raphaëlle et les bouts de phrases entendues le jour de réception chez Mme Thomson, Marthe, sans qu'elle s'en rendît tout à fait compte, ne pensait plus qu'à Raphaëlle. Tout ce qui se disait autour d'elle, tout ce qui se passait, tout ce qu'elle devinait, elle le rapportait à sa préoccupation dominante : de qui Raphaëlle était-elle amoureuse? Jusqu'où son amour l'avait-il menée? Une fois ou deux elle avait essayé d'interroger « la bergeronnette »... Mais elle s'était heurtée à un mutisme systématique. Raphaëlle n'avait donc aucune confiance en elle? Ce silence l'avait aigrie et elle s'était obstinée davantage encore à percer un secret si bien dissimulé. O perpétuelle hypocrisie vis-à-vis de soi-même! Marthe n'osait pas s'avouer la qualité du sentiment qui la faisait

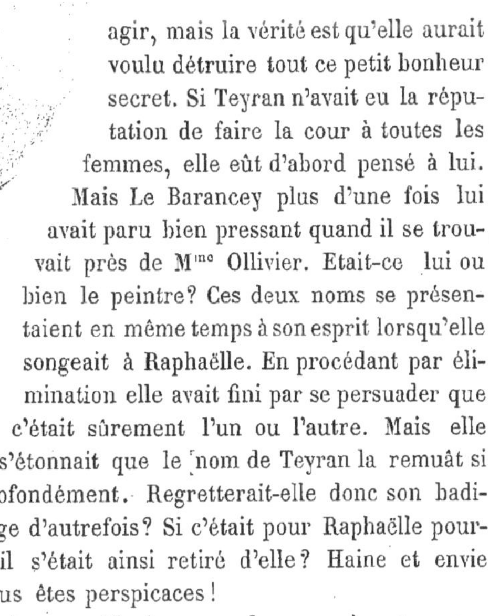

agir, mais la vérité est qu'elle aurait voulu détruire tout ce petit bonheur secret. Si Teyran n'avait eu la réputation de faire la cour à toutes les femmes, elle eût d'abord pensé à lui. Mais Le Barancey plus d'une fois lui avait paru bien pressant quand il se trouvait près de Mme Ollivier. Etait-ce lui ou bien le peintre? Ces deux noms se présentaient en même temps à son esprit lorsqu'elle songeait à Raphaëlle. En procédant par élimination elle avait fini par se persuader que c'était sûrement l'un ou l'autre. Mais elle s'étonnait que le nom de Teyran la remuât si profondément. Regretterait-elle donc son badinage d'autrefois? Si c'était pour Raphaëlle pourtant qu'il s'était ainsi retiré d'elle? Haine et envie comme vous êtes perspicaces!

Marthe en était là de ses réflexions quand son mari rentra pour déjeûner. Il se mit à table silencieusement et déploya un journal. C'est ainsi que les repas se passaient d'ordinaire. Aucune intimité, aucune émotion commune. Ce mariage avait été une association d'intérêts où le sentiment n'avait que faire, et tandis que le valet de chambre passait cérémonieusement les plats les uns après les autres, Marthe évoquait une fois encore l'image de Raphaëlle si heureuse dans son ménage, si contente dans son amour, et elle se sentait

au cœur une blessure profonde comme si tout ce bonheur lui avait été volé.

Vers la fin du déjeûner son mari se retira. Mme Dolbert demeurée seule décida de consacrer le reste de la journée à éclaircir le mystère qui la torturait. De plus en plus s'imposait à elle une certitude qu'elle voulait à toute force contrôler : Raphaëlle avait un amant.

Tout en s'habillant pour sortir elle hésitait sur le parti à prendre. Qui pourrait lui donner des éclaircissements ? Il lui parut piquant, pour commencer, d'aller directement chez l'adversaire.

Le hasard voulut qu'elle trouvât chez lui le mari de Raphaëlle. Ollivier la reçut très cordialement. Succédant à la vision de son triste ménage, Marthe ne rencontrait dans l'appartement d'Ollivier que le calme, le repos heureux et la tranquillité.

— Viens faire à tante Marthe une belle révérence !

La petite fille se mit les deux mains sur la bouche, envoya dans le vide un grand baiser sonore et s'inclina presque jusqu'au sol en renvoyant le pied gauche en arrière.

— C'est Raphaëlle, dit Ollivier, qui lui apprend à saluer comme cela. C'est elle aussi, je ne sais pourquoi, qui l'a vouée aux couleurs de la Vierge. Comme elle est blonde, ce bleu et ce blanc lui seyent à ravir et je ne me plains pas.

Marthe fit à l'enfant mille cajôleries. Mais quand elle voulut la prendre sur ses genoux la petite s'enfuit dans les bras de son père avec une vivacité qui ressemblait à de l'antipathie. Ce mouvement n'échappa guère à tante Marthe.

Elle cessa de causer à l'enfant et s'informa de Raphaëlle. Ollivier parlait de sa femme avec amour. Son mâle visage, loyal et bon, s'éclairait quand il parlait d'elle. Son bras droit s'appuyait sur l'épaule de sa petite fille, il avait l'air de la prendre à témoin du bonheur dont tous deux lui étaient redevables. Cette tranquillité, exempte de tout soupçon, cette quiétude parfaite, parut à Marthe d'une ironie intense. Elle se surprit une fois ou deux répondant à ce mari tantôt sur un ton de commisération, tantôt avec un air d'affectueuse confidence. Elle retenait difficilement sur ses lèvres un de ces mots à double entente qui éveillent la curiosité. Enfin elle ne put y tenir.

— Vous êtes vraiment bien heureux, lui dit-elle, et je m'en réjouis, mais Raphaëlle est quelquefois un peu légère, vous devriez faire attention.

— Que voulez-vous dire ? Il la regarda droit dans les yeux, devenu anxieux

Marthe reprit un peu gênée :

— Oh! rien encore qui ait de l'importance, mais vous savez l'attachement que j'ai pour elle et l'affection que j'ai pour vous...

D'un geste brusque Ollivier renvoya l'enfant.

— Va jouer avec tes poupées, je t'appellerai tout à l'heure.

Et lorsqu'elle fut sortie :

— Je vous prie de vous expliquer.

Il était si solennel que Marthe regretta sa parole imprudente :

— Comme vous prenez les choses au tragique, mon ami ! Je vous assure que vous attachez à mes paroles un sens qu'elles n'ont jamais eu ! Raphaëlle est charmante et je l'aime comme ma sœur. Vous pensez bien qu'il n'est jamais entré dans mon esprit la moindre arrière-pensée. Si j'ai eu cette réflexion quand vous me parliez de votre bonheur, c'était une phrase banale sur la fragilité de tout bonheur humain ! C'était peut-être aussi un soupir de regret, car, vous en souvenez-vous, mon ami, je l'avais fait aussi le rêve de vous rendre heureux !

Etait-ce vraiment le regret du mal qu'elle venait de faire? N'était-ce pas plutôt perversité encore plus profonde, et le désir de donner le change ? Elle avait mis sa main gantée sur la main d'Ollivier et le regardant avec un air plus tendre :

— C'est fini maintenant, je le sais bien, mais vous ne pouvez nier que je vous ai aime la première !

Comme il demeurait immobile, sans répondre, et qu'il ne retirait pas sa main, elle crut pouvoir continuer. C'était en elle l'accomplissement d'un plan subit. Prendre à Raphaëlle son mari, quelle revan-

che ce serait ! Elle effaçait le souvenir de sa première déception, elle reprenait un ascendant qu'elle avait constamment regretté, elle se vengeait de toutes les humiliations qu'elle subissait depuis si longtemps. D'un seul coup elle mettait en échec la joliesse victorieuse de Raphaëlle et, lui rendant le mal pour le mal, lui faisait souffrir la même souffrance qu'elle lui avait due.

— Je vous en parle maintenant comme d'une chose dès longtemps oubliée. Lorsque j'étais jeune fille comme j'aurais voulu être heureuse avec vous ! Et si j'osais tout dire, il y a des jours, aujourd'hui encore, où je regrette de ne pas vous voir plus souvent ..

Devant une telle déclaration, les hommes qui ont quelque délicatesse éprouvent toujours de l'embarras. La petite fatuité, si naturelle au mâle, s'y mêle d'un sentiment plus noble : le besoin de ne pas faire souffrir. Marthe paraissait vraiment triste. Ollivier cherchait sa réponse. Il ne voulait pas la froisser.

Mme Dolbert interpréta cette gêne à son avantage ;

elle crut qu'il fallait oser : C'est lorsque je vous vois seul comme je vous trouve maintenant que j'ai plaisir à vous prendre la main. Bien que vous ne le sentiez pas, Raphaëlle vous abandonne souvent. Si vous étiez jamais moins heureux, mon ami, n'oubliez pas que vous avez en moi une amie toute dévouée.

Encore cette insinuation! Ollivier d'un coup d'œil comprit toute la trame. La colère succéda en lui à la pitié : il laissa retomber la main qui s'était posée sur la sienne :

— Pour la seconde fois, dit-il, expliquez-vous, je sens dans vos paroles un étrange souci de mon bonheur !

Et comme elle se récriait :

— Je viens de vous comprendre. Vous aviez déjà de ces insinuations le jour où j'ai demandé à Raphaëlle d'être ma femme. Si vous la haïssez ce n'est pas une raison pour la calomnier. Elle est aussi bonne que je vous souhaite de l'être et pour ne pas la contrister, je ne lui dirai même pas votre visite d'aujourd'hui. Brisons là. Je devine ce que vous étiez venue faire.

Sa voix s'était faite cinglante, ses yeux exprimaient le dédain de la calomnie. Il se leva.

Alors Marthe, devenue pourpre, se leva à son tour cérémonieusement, prit ses gants sur le guéridon, abaissa sa voilette, ferma sa jaquette et d'un ton décisif :

— Vous avez tort, mon ami, de me parler comme vous faites.

Elle sortit, hautaine, l'âme ulcérée, les lèvres serrées de colère.

Comme cet homme lui avait parlé! A quoi donc lui avait servi d'humilier pour lui un moment son orgueil? De quel ton il l'avait repoussée! Elle n'était pas de celles, tout de même, qu'on peut blesser ainsi sans en souffrir soi-même ! Et elle se sentait une sorte de rage en pensant qu'il était trompé, ce mari orgueilleux; qu'elle avait un amant, cette femme qu'il aimait, et que c'était elle, l'honnête femme, qu'on sacrifiait à des coquines !

Un cocher passait à proximité. Marthe lui donna l'adresse d'une de ses amies.

— Il faudra bien, se dit-elle les dents serrées, que je sache toute la vérité!

Elle fit beaucoup de visites. Elle les choisit de préférence parmi celles de ses relations qui lui étaient communes avec les Ollivier. Dans chaque salon, par un détour adroit, elle amenait la causerie sur Mme Ollivier. Elle cherchait à s'instruire, mais elle prononçait d'elle-même le nom de Teyran. Pour faire parler les autres, elle disait, sur un air d'ironie, les avoir un jour rencontrés. Sans doute elle savait bien que ce n'était encore qu'innocent, mais c'est toujours amusant, n'est-ce pas, ces petits flirts improvisés? Il n'y avait rien d'étonnant à ce que tout le monde abondât dans ce sens. Quelle femme dans toute sa vie n'a pas eu un petit roman? Que Mme Ollivier fit comme tant d'autres, qu'y avait-il à cela de surprenant! Elle avait tort de s'afficher un peu, voilà tout. Et Marthe ne manquait pas de dire toute son affection pour sa petite sœur. C'était précisément cette affection bien proclamée qui donnait à son invention un cachet d'authenticité. Et dans chaque salon, après la visite de Marthe, chacun ajoutait quelques détails probables. La rumeur allait grossissant. Insinuée avec art, la calomnie ou la médisance fait son chemin rapidement. Sur la réputation de Raphaëlle le passage de Marthe laissait une trace luisante comme après l'orage sur le chemin d'un parc le passage d'un limaçon.

A sa quatrième visite, Mme Dolbert fit une véritable trouvaille. C'était chez Mme Baudoux, petite femme laide et courte qui se piquait à juste titre d'être aussi bien renseignée qu'une agence sur toutes les intrigues mondaines. Pour être sûre de n'en ignorer aucune elle se plaisait même à en inventer quelques-unes. Il suffisait de parler d'une femme devant elle et tout de suite, avec mille réticences et sous le sceau du secret le plus absolu, elle disait de quoi la déshonorer pour toujours. Quelques dames étaient autour d'elle. Lorsque Marthe amena le nom de Raphaëlle, Mme Baudoux leva les yeux au ciel :

— Une de mes amies l'a rencontrée, figurez-vous, deux fois de suite, place Saint-Georges. Elle avait l'air si absorbée qu'elle ne l'a même pas reconnue.

— Etait-ce le soir? demanda Marthe.

— Oui, répondit Mme Baudoux, du moins à la seconde fois, il pouvait être six heures et demie, les rues étaient tout à fait noires.

— Et la première fois?

— Je crois que c'était vers deux heures. Le nid est sans doute par là.

— Quel jour disiez-vous que c'était?

— Un mardi et un vendredi.

— Deux fois par semaine, c'est parfait!

Toutes ces dames prenaient à ce jeu un extrême plaisir.

Mme Dolbert demanda : Mais de quel côté allait-elle?

— Je crois qu'elle montait vers la rue des Martyrs.

— Rue des Martyrs, martyre d'amour! n'est-ce-pas? L'oiseau bleu! le petit papillon! croyez-vous que ce soit Teyran?

— C'est probable, dit l'une.

— C'est évident, dit la seconde.

— Il y a longtemps que cela dure! ajouta la dernière.

Et Mme Dolbert conclut :

— Ce n'est pas moi qui la blamerai. Je l'aime trop pour cela. Mais elle devrait faire attention. Tout le monde le sait à présent.

Et en quittant Mme Baudoux elle l'embrassa sur les deux joues.

Comme cela devenait intéressant! elle goûtait un plaisir de juge d'instruction. Tous ces petits faits bout à bout lui permettraient de tout savoir. Elle était si contente qu'elle voulut aller tout de suite place Saint-Georges. Il n'était pas loin de sept heures — et l'on était justement vendredi — si elle allait la rencontrer!

Mais la course fut inutile. Mme Dolbert ne vit personne. Elle rentra méditative. Son mari, ce soir là, s'étonna de la trouver plus aimable. Sa journée n'avait pas été inutile. Elle avait un but dans la vie. Et le sentiment de sa perspicacité la rendait un peu glorieuse. Car enfin, au début de l'enquête, elle ne savait rien, rien de rien! Elle pouvait à juste titre s'attribuer l'honneur de toutes ses découvertes. Elle s'admirait intérieurement.

Au cours de la soirée, comme elle récapitulait mentalement ses démarches et ses indices, elle eut tout à coup une inspiration : où demeurait Teyran ? Elle ne le savait pas. Peut-être cela était-il le nœud de la question. Elle se sentit tant d'impatience qu'elle envoya le domestique chercher en hâte un Tout-Paris.

— Trouvez-en un coûte que coûte. Et si les libraires sont fermés, empruntez-le dans un café.

Pourvu qu'il y soit ! se disait-elle en attendant le messager. Et pendant toute la course du domestique, elle fut nerveuse, agitée. Le domestique revint enfin. Elle feuilleta rapidement : Teyran, peintre, voici !... il demeure rue La Bruyère.

Ce fut une illumination ! il devint clair comme le jour que Raphaëlle allait chez lui. Comment faire pour les surprendre ?

Plus imprudente que jamais, calme, sans remords, ce même vendredi, pendant que si logiquement tenace Marthe cherchait et saisissait le fil conducteur de l'intrigue, Raphaëlle était avec son amant.

« Chez eux » ils avaient l'air de deux colombes se becquetant. Pour lui plaire, elle avait adopté les chemises roses ou bleues taillées dans un surah léger, si douces au toucher et si fines qu'elles en paraissent transparentes ; elle portait aussi maintenant des pantalons presque collants avec entre-deux de dentelles, et le reste de sa toilette était devenu affiné. Une ceinture à peine rigide remplaçait le corset qui a trop l'air d'une cuirasse. La taille n'en était pas moins ronde et elle en devenait plus souple.

Ollivier s'était d'abord étonné de cette soudaine coquetterie. Mais avec un baiser Raphaëlle eut endormi de pires susceptibilités.

Le corps de Raphaëlle était fait pour l'amour. La ligne en était onduleuse. Les mains étaient fines, longues et blanches ; les gestes étaient mesurés, d'une élégance naturelle, d'une douceur de caresse furtive. La jupe retombant sans un pli jusqu'à terre dessinait la courbe délicieuse du dos finissant et des jambes. La mode était vraiment favorable aux amants. La taille était longue et souple comme une gerbe de roseaux solidement serrés les uns contre les autres et s'épanouissait ensuite comme un vaste lotus aux bords harmonieux. Parfois Teyran se complaisait à regarder tandis que Raphaëlle passait d'une pièce dans l'autre. Ses pieds sur le tapis posaient avec légèreté. Le mouvement de la marche faisait se préciser les mobiles rondeurs féminines d'une croupe charmante que malgré sa minceur elle avait ronde et rebondie. Toute sa personne prenait des inflexions tentatrices.

Dès l'arrivée de Raphaëlle lorsque Teyran l'attirait contre lui d'un grand élan passionné, les seins bombaient sous le corsage, la ligne des reins se creusait, le haut de la jupe se gonflait à faire craquer le tissu, et quel joli mouvement en arrière que celui de la jeune femme, la tête renversée et les yeux demi-clos, aspirant lentement le baiser !

Au déshabillement, l'exaltation de Teyran grandissait. Il aimait à ce qu'elle gardât longtemps son chapeau sur la tête. Les rubans, la plume ou l'aigrette de ces coiffures d'hiver, la toque d'astrakan quelquefois ou de loutre faisait ressortir par leur note sombre l'or clair de ses cheveux bouclés. Il la regardait avec des yeux de peintre. On eût dit qu'il cherchait à se fixer sur la pupille le ton chaud et ambré de ce visage féminin. Il se plaisait aussi à dénouer lui-même l'énigme des boutons, des agrafes et des épingles. Chaque fois que sous sa main un peu de nu apparaissait, il le couvrait lentement de baisers. Raphaëlle, au contact de ces lèvres ardentes, frissonnait des pieds à la tête. Et quand, à demi-nue, elle apparaissait en chemise, prête à l'amour sous ce voile de gaze, il lui enlevait le chapeau comme un roi ôte sa couronne, et l'emportait entre ses bras — si légère, la bergeronnette ! — jusque dans le lit vaste et chaud.

La chambre était petite et blanche : quatre murs crépis à la chaux avec une bordure de glaïeuls et d'iris que Teyran avait peinte lui-même, un tapis blanc à grands ramages et des meubles en chêne clair. Mais la fenêtre ouvrait sur l'infini du ciel et le mirage de l'amour embellissait tout l'ermitage.

Quelles heures ils y avaient passé ! Teyran se souvenait de crépuscules lents et doux, l'ombre se glissant dans la chambre, atténuant le contour des objets, se glissant sous les meubles, se réfugiant dans les angles, luttant avec la clarté des miroirs, se diluant sur la blancheur des draps et finissant par s'installer lente et irrésistible jusque sur les paupières cernées de bleu de Raphaëlle.

A ces heures de lassitude, la femme paraissait comme spiritualisée. L'iris agrandi de ses yeux flottait comme sur une coupe des pétales de violette. Ses traits momentanément amaigris, la ligne du nez aminci, ses lèvres immobiles, donnaient à son visage pâle un aspect immatériel. C'était vraiment « la petite mort », l'évanouissement d'une heure dans l'inconnu, l'embarquement pour des régions spirituelles et vagues. La fatigue amoureuse lui détendait les membres. Elle devenait flexible comme du lierre détaché d'un arbre. Et lorsque ses yeux s'entr'ouvraient à nouveau, on eût cru qu'elle revenait d'un voyage lointain dans le domaine des nuées ! Que de fois Teyran, la voyant ainsi, l'avait admirée silencieusement.

Mais quelle tristesse aussi que celle qui suit de telles heures !

L'idée de la séparation assombrissait la fin de tous leurs rendez-vous. Teyran sentait presque physiquement s'approcher l'heure inévitable où Raphaëlle le quitterait. Ils évitaient tous les deux d'en parler, et tous deux ne cessaient d'y penser. Pour l'amant c'était la douloureuse sensation qu'il n'était que le superflu dans la vie de celle qu'il aimait et que si elle le quit-

tait un jour presque rien ne serait changé dans son heureuse existence ; pour la maîtresse c'était l'heure de la mélancolie et du regret sur soi-même.

Car, si frivole qu'elle fût, Raphaëlle sentait bien surtout à ces heures là tout ce que sa conduite avait de méprisable. Rentrer chez son mari et lui tendre la main avec un franc sourire lorsque dans la même heure elle l'avait trompé, quelle odieuse comédie ! Et elle en souffrait d'autant plus qu'elle n'était née ni avec le goût de la ruse, ni avec celui du mensonge. Elle avait beau se dire que bien des femmes à Paris subissent sans remords les mêmes nécessités ; elle se sentait contre elle-même à certains jours une révolte douloureuse qui lui gâtait tout son bonheur. Mais l'amour assoupit les remords et l'indulgence de Paris atténue toute intransigeance. Puisque l'irréparable, hélas, était commis, elle ne se sentait pas la force de corriger sa destinée. Mais par un obscur

instinct de justice, elle tâchait d'expier un peu de sa faute en témoignant à Ollivier d'autant plus d'affection. Pauvre cœur ballotté entre des sentiments contraires, elle aimait son mari, sa fille et son amant. Si son attachement pour chacun n'était pas de même nature, il n'en était pour cela ni moins sincère ni moins vif. Jamais l'éternelle phrase des femmes : « Je t'aime aussi mais ce n'est pas la même chose » ne se trouva plus justifiée. Elle aurait voulu l'impossible : s'acquitter de tous ses devoirs sans sacrifier son amour !

⁂

Un jour, cependant Raphaëlle, épouvantée, se demanda si elle était un monstre. C'était un soir de janvier triste et sombre. Le ciel bas avait l'air de toucher le sol boueux des rues. De la neige à demi-fondue salissait la ville. Le vent d'une journée de dégel faisait se courber les passants engoncés dans leurs fourrures ou le col de leur pardessus.

Vers deux heures de l'après-midi, Raphaëlle était montée dans sa chambre comme elle avait coutume, pour choisir, selon le temps, sa robe de sortie. Les jours où elle avait un rendez-vous avec Teyran l'une de ses coquetteries était de varier le plus possible ses toilettes. Elle avait tellement peur de lasser son admiration qu'elle se renouvelait perpétuellement. Ce jour là elle aurait bien voulu lui faire une surprise. Comme elle avait accepté pour le soir même une invitation dans un salon où il n'était pas invité, sachant son ardente curiosité pour tout ce qui l'intéressait, elle aurait voulu lui donner la primeur de la robe qu'elle allait mettre. Mais le moyen, même avec un vaste manteau, d'inaugurer par ce temps là une robe de soie à volants plus qu'à demi décolletée ! Elle en avait cependant bien envie tant l'idée lui plaisait par son tour imprévu et sa délicatesse. Elle imaginait déjà la surprise de Teyran en la voyant chez lui en robe de soirée et le plaisir que lui donnerait cette fantaisie de femme amoureuse qui ne veut être belle devant les autres qu'après avoir fait hommage à celui qu'elle aime des prémices de sa beauté ! Elle s'habillait donc lentement, hésitant encore si elle risquerait cette petite folie et de temps en temps écartait les rideaux du cabinet de toilette pour voir si le temps ne s'améliorait pas. Enfin elle se décida. Quoiqu'il pût advenir, et dût sa robe être fripée, elle se passerait cette fantaisie ! Or elle était tout habillée, s'admirant un instant complaisamment dans la psyché lorsque son mari entra à l'improviste.

À son exclamation d'étonnement, elle répondit le plus naturellement du monde qu'elle essayait sa robe une dernière fois pour juger si aucune modification n'était nécessaire.

— A moins que ce ne soit, lui dit-il, par pure coquetterie et pour le plaisir de t'admirer, si jolie, devant le miroir ! Je suis ravi du hasard qui m'a fait revenir ici prendre quelques papiers. J'avais peur de trouver la cage sans oiseau, je te surprends faisant la roue pour toi seule devant la glace !

Il se mit à la plaisanter. — Egoïste, lui disait-il, tu t'accordes donc des spectacles où je ne suis même pas invité ! On donne des soirées chez moi, l'après-midi, et je ne l'apprends que par hasard !

Elle lui mit la main sur la bouche. Cette gaîté la gênait.

— Ecoute, lui dit-elle, veux-tu être gentil ? laisse-moi mettre une autre robe. Je te retrouverai en bas.

Mais Ollivier ne l'entendait pas ainsi. Malgré sa résistance, il voulut l'aider à se déshabiller. A chaque occasion, il lui donnait un baiser — sur les bras — sur les mains — sur les épaules et le cou. Il s'animait à ce jeu. Elle le supportait avec impatience. A certaine minute elle le repoussa même avec tant de rudesse qu'il la regarda tout étonné.

Elle chercha à s'excuser. Mais il était blessé dans son orgueil.

— Je ne savais pas, lui dit-il, que je t'inspirais de la répulsion.

Elle sentit qu'elle avait eu tort, lui demanda pardon et l'embrassa. C'en était fait. Et tandis que Teyran attendait impatiemment celle qui tardait à venir, le mari entraînait sa femme dans la chambre et Mme Ollivier subissait malgré elle mais non sans plaisir — hélas ! — des étreintes qui pour être légitimes, n'en étaient pas moins adroites et passionnées.

Ainsi va la vie. Nous sommes soumis à chaque instant à des nécessités inéluctables. Les passions humaines, en se rencontrant, parfois se paralysent et parfois se combinent. En amour, sous peine de désastre, les femmes infidèles doivent savoir se résigner. Raphaëlle pouvait-elle se refuser à son mari? elle se le demandait dans la voiture qui l'emportait deux heures après rue La Bruyère, un peu pâle et hâtivement habillée d'une robe de petit drap brun où les agrafes n'étaient pas même toutes faites. Elle ne savait trop, en théorie, quelle réponse il fallait faire à une question si précise, mais elle sentait bien que, dans la pratique, elle ne pouvait avoir d'autre conduite. Sans doute, s'il l'avait su, Teyran en eût souffert, mais puisqu'elle lui avait fait, comme toutes les femmes, le pieux mensonge de la fidélité entière, pourquoi se désolerait-elle d'un mal qu'il ignorerait?

Sans doute elle eut préféré, puisqu'elle avait un amant, que son mari, désormais, n'eût plus pour elle que de l'admiration, mais puisqu'il n'en était pas ainsi, puisqu'il imposait de temps à autre quelques intimités, de quel droit les lui eût-elle refusées? Ne valait-il pas mieux subir avec résignation des familiarités qu'elle rendrait d'ailleurs de plus en plus rares, et les considérer comme les inconvénients inévitables d'une situation d'ailleurs fertile en résultats heureux?

Ce qui contribuait à cette acceptation, c'était évidemment la douceur naturelle de son caractère et son désir de ne provoquer aucune catastrophe, mais c'était aussi ce sentiment obscur, mais que l'on retrouverait au fond de presque toutes les amours modernes : le pressentiment de la fin. L'esprit d'analyse — qui engendre le scepticisme — a tellement pénétré notre siècle, que ceux qui s'en croient les moins atteints sentent en eux comme une vague restriction morale quand ils disent le mot : toujours!

Toujours! qui donc aujourd'hui oserait dire avec certitude qu'il aimera toujours d'un amour passionné? Si sincèrement amoureuse que fut Mme Ollivier, elle ne pouvait s'empêcher de se dire avec tristesse qu'il se pouvait qu'un jour Teyran ne l'aimerait plus, qu'elle-même peut-être (mais cette idée lui déplaisait) cesserait de l'aimer, et ce sentiment l'éloignait de toute rupture inutile avec le compagnon naturel de sa vie.

Elle était cependant inquiète. Sous quel prétexte refuserait elle à

Teyran les libertés habituelles? Il était clair cependant qu'il fallait qu'elle se défendît! Cette incertitude lui faisait regretter de s'être mise en route. Elle douta même un instant si elle continuerait son chemin, mais elle se représenta son amant se désespérant à l'attendre depuis plus de deux heures que durait son retard, et son courage se fondit à la pensée qu'il souffrait et l'accusait peut-être de le peiner volontairement. Elle se promit donc d'être forte et de ne rester chez lui qu'à peine quelques minutes.

Teyran souffrait en effet. Chaque fois qu'elle était en retard, il se sentait le cœur serré par l'appréhension d'un malheur. Tendre, mais impressionnable à l'excès, il attendait, très sombre, assis devant son bureau et le front lourdement appuyé dans les mains. Déjà préparé pour l'amour il avait les membres assouplis par l'eau pure. Un peu de parfum flottait dans la chambre. Sa chemise molle, nouée au col par une cordelière était froissée comme si pendant cette attente il avait l'une après l'autre essayé toutes les attitudes du sommeil ou de la songerie. Ses jolis cheveux blonds, dérangés par des mains devenues fiévreuses, retombaient en désordre sur son front. Il avait les yeux fatigués, les traits contractés, le front plissé d'inquiétude.

Devant lui une petite photographie de sa maîtresse paraissait le magnétiser. On eût dit qu'il scrutait cette image et cherchait à pénétrer dans l'énigme de cette physionomie les causes d'un retard qui était peut-être le préliminaire d'une rupture.

Tant de fois il avait cru entendre s'arrêter la voiture anxieusement attendue, tant de fois il s'était précipité sur le palier pour recevoir comme il avait coutume, les deux bras largement étendus, la blonde apparition bruissant un peu dans la spirale de l'escalier qu'il avait fini par laisser à demi-ouverte la porte de son atelier. Il s'absorbait dans sa contemplation. Il avait la sensation d'un malheur.

Raphaëlle, en trouvant la porte entrebaillée, devina l'anxiété de son amant. Elle s'avança à pas de loup. Il était si ému qu'il ne l'entendit pas. Arrivée jusqu'auprès de lui, elle lui posa lentement un baiser sur la nuque. Il frissonna des pieds à la tête et se retourna en poussant un cri.

— Te voilà ! j'avais cru que je t'avais perdue !

Deux grosses larmes affluèrent à ses yeux et en baignèrent l'iris comme parfois sur une nappe d'eau viennent éclore des bulles transparentes. Il avait la gorge serrée d'angoisse au point qu'il s'arrêta de parler et ne put que serrer entre ses mains la chère tête de Raphaëlle. Ah ! quel baiser que celui de leurs lèvres se confondant ! Un pâle rayon d'hiver vint dorer leurs deux chevelures. Des fils blonds se mêlaient comme dans les forêts parfois s'enchevêtrent des fils de la vierge qui miroitent dans la lumière. Elle se trouva assise sur ses genoux, ses bras lui firent un vivant collier et de le voir si triste voici que Raphaëlle sentit grandir encore en elle un amour qu'elle croyait cependant absolu. Il demanda :

— Pourquoi es-tu si en retard ?

Un voile passa sur son visage. Dans la voiture, elle n'était même pas parvenue à trouver un prétexte plausible. Elle hésita un moment :

— Mon mari est revenu à l'improviste. Il m'a retenue plus que je ne voulais. Je ne parvenais pas à lui faire comprendre qu'il fallait que je sorte seule.

Cette demi-vérité emplit Teyran de mélancolie. Il eut un grand soupir.

— Bien que je ne le connaisse pas, je le sens toujours entre nous. Quelle tristesse de n'être pas libres !

Il dévoilait ainsi la plaie secrète de son âme, et ce besoin d'absolu qui hante tous les amants. Ces paroles empruntaient aux circonstances une signification douloureuse. Raphaëlle se pressa contre sa poitrine : cette phrase lui vint aux lèvres que disent — hélas — toutes les femmes :

— Mais, mon amour, puisque je n'aime que toi !

Il secoua la tête tristement. Avait-il un vague soupçon? pensait-il à ce moment même aux possibles intimités entre la femme et le mari ? Raphaëlle s'effraya d'une pensée qu'elle sentait s'élaborer confusément dans le cerveau du bien-aimé.

Pour en arrêter le cours, pour créer une diversion, elle le couvrit de caresses. Et il lui venait comme une épouvante tyrannique qu'il l'interrogeât à ce sujet dans un pareil moment ! C'eut été pour elle un supplice intolérable. Que n'eut-elle pas fait pour briser la logique de ses déductions !

— Ne pense plus à tout cela mon amour ! Vois comme j'étais en retard, il va falloir que je m'en aille.

L'annonce d'une catastrophe n'aurait pas bouleversé plus entièrement ce visage d'amant malheureux :

— Non, s'écria-t-il en tremblant une minute de tous ses membres comme par une commotion subite, non ! tu ne partiras pas !

Et la saisissant de nouveau entre ses bras, il essayait de la délacer.

Toutes les bonnes résolutions de Raphaëlle revécurent en un instant. Supporterait-elle cette humiliation vis-à-vis d'elle-même ? Sa pudeur se révoltait, elle voulut se dégager. Mais un feu sombre brillait dans les prunelles de son amant. Il ne proférait plus un mot. Aux protestations ne répondait que sa respiration devenue saccadée et le tremblement convulsif de ses mains.

— Je t'en prie, disait Raphaëlle, pas aujourd'hui, pas aujourd'hui !

Il s'interrompit un moment. Et de nouveau derrière le miroir de ses yeux, dans ce cerveau dont elle ne pouvait pénétrer le mystère, elle sentit que réapparaissait l'effroyable et torturante pensée, l'épouvantable idée de sa duplicité. Oh! tout subir plutôt que l'humiliation d'un tel aveu! Un flot de sang, rien qu'à cette pensée, empourpra son visage, et tandis que Teyran, muet et sombre, continuait fébrilement à délacer ses vêtements, elle s'abandonna, désormais sans courage.

De nouveau, comme le premier soir, il l'emporta triomphalement vers le lit spacieux et blanc, et la frénésie amoureuse les tint serrés l'un contre l'autre jusqu'à faire craquer leurs os. Jamais Raphaëlle ne fut entre les mains de Jacques un instrument plus vibrant. Sa peau de blonde frémissait sous les caresses, ses yeux s'emplissaient d'infini. Que ne pouvait-elle s'évanouir afin de ne plus penser aux réalités de la vie!

— Je suis infâme, pensait-elle.

Et l'humiliation même qu'elle éprou-

vait la poussait aux extrémités. Ces caresses qu'elle avait d'abord repoussées, voici qu'elle s'y adonnait comme un malheureux cherche dans l'ivresse l'oubli de son désespoir. Une folie de luxure qui ressemblait à un appétit de la mort, coulait comme du feu d'un bout à l'autre de ses nerfs. A chaque veine affleurant la chair, Jacques sentait le sang venant battre la peau comme les flots battent la falaise. Et tandis que leurs membres rendus glissants par la sueur se contractaient comme ceux des athlètes jadis frottés avec de l'huile, Jacques pensait :

— Maintenant je comprends jusqu'à quel point elle est devenue mienne !

Il se sentait l'orgueil d'un créateur, l'ivresse d'un dominateur, l'enthousiasme d'un dévôt.

Et Raphaëlle songeait :

— Que ne puis arracher de son cerveau le germe de l'idée infâme ! Que ne puis-je me pâmer pour toujours entre ses bras et ne plus jamais revenir à la vie ! Que ne puis-je me libérer !

Ainsi la même cause déterminait cette double exaltation ; mais parce que l'une savait et parce que l'autre ignorait, il y avait entre eux contraste violent. Comme nous connaissons peu de chose l'un de l'autre! Cette fougue féminine dont Teyran s'enorgueillissait, comme il s'en fût désespéré s'il avait su quelle en était la véritable cause! Ce qui faisait sa joie eût causé son tourment ; ce qui lui donnait un sursaut d'orgueil l'eût jeté dans le doute et la confusion.

L'ignorance est un don divin. Teyran devait toujours se rappeler cet après-midi forcené comme le gage d'amour le plus irréfragable.

Cet après-midi devait être pour Raphaëlle l'objet d'un éternel remords.

❧ ❧ ❧

Comme un milan tient les yeux fixés sur la proie qu'il convoite et rétrécit progressivement ses larges cercles concentriques, le malheur planait sur ce couple de tourterelles. Les sombres pressentiments de Teyran avaient survécu à la visite de Raphaëlle. Bien que les témoignages de tendresse l'eussent réconforté et qu'il se sentit sûr de l'amour de sa maîtresse il ne reprenait que difficilement de la sécurité. Son instinct ne le trompait pas. S'il est vrai que ce n'était pas en eux-mêmes que le danger était à craindre, de l'hostilité s'amassait contre eux comme s'amassent à l'horizon, un jour d'orage, de lourds nuages noirs.

Marthe n'avait pas abandonné ses recherches. Le même désir la brûlait de connaître le secret de son amie, mais elle commençait à mieux se rendre compte du sentiment qui la faisait agir. Si elle ne s'avouait pas encore que c'était l'Envie, la terrible et hideuse Envie du moins ne se leurrait-elle plus avec des apparences d'affectueux intérêt ; elle se sentait contre Raphaëlle du dépit et de la colère. Elle s'énumérait à elle-même les griefs qu'elle avait contre elle. A plusieurs reprises elle s'en alla rôder autour de la rue La Bruyère avec la crainte d'être surprise mais avec l'obsédant désir de surprendre l'arrivée des amants.

Un jour elle apprit par Mme Baudoux que Raphaëlle avait refusé devant elle une invitation de Mme Thomson pour laquelle tout Paris se disputait les invitations. Il s'agissait d'une matinée musicale où le fameux quatuor Ysaye devait interpréter de la musique allemande. Et Marthe trouva ce refus d'autant plus extraordinaire que depuis quelque temps Raphaëlle, sans doute à cause d'une correspondance confuse entre la douceur de son amour et la tendresse des violoncelles se montrait à tout propos passionnée de musique. La raison qu'elle avait donnée était son état de santé. Ce n'était visiblement qu'un prétexte. Marthe eut le sentiment que Raphaëlle n'avait refusé cette invitation que pour n'être pas infidèle à un rendez-vous chez Teyran. Elle décida de se rendre compte par elle-même.

Le jour fixé était un mardi. Dès deux heures et demie Marthe se trouvait en toilette sombre dans cette rue Clément-Marot où les Ollivier habitaient. Elle se promena d'abord aux alentours de la maison. Le froid était vif, la rue était déserte, son pas claquait sur le pavé sonore. Elle craignit d'être reconnue et s'éloigna pour ne surveiller que de loin. Etait-ce à cause du froid? Etait-ce plutôt la honte d'un si lâche espionnage? elle tremblait sous sa fourrure noire. Alors elle avisa une pâtisserie qui se trouvait à l'angle de la rue La Trémoille et d'où l'on pouvait voir sans être remarqué. Elle y commanda une tasse de thé, la paya tout de suite pour pouvoir s'en aller à la première alerte et surveilla attentivement les allées et venues de l'immeuble qu'habitait Raphaëlle. A mesure que le temps se passait elle devenait sombre. Serait-elle venue en vain? aurait-elle fait en pure perte ce bas métier de policière? Elle se tenait accoudée sur la table de marbre, les yeux fixés sur la vitre, et elle lisait machinalement pour la centième fois les lettres d'or d'une enseigne placée en face d'elle.

Tout à coup son visage s'illumina. Raphaëlle venait de sortir toute emmitouflée dans un grand collet d'astrakan et se dirigeait vivement vers l'avenue Montaigne.

Au risque de la perdre de vue, de crainte d'être surprise, Marthe la laissa tourner le coin de l'avenue. Mais avec quelle hâte ensuite elle se précipita! Un chasseur derrière son gibier, un espion derrière sa victime mettent à leur poursuite moins d'ardeur que n'en décelaient toute l'attitude de Marthe et l'expression de sa physionomie.

Selon sa coutume, Raphaëlle se proposait de faire la route à pied. Marthe, à bonne distance, marchait rapidement derrière elle. Et la sveltesse de Raphaëlle, l'harmonieuse légèreté de sa démarche, l'air heureux qui émanait d'elle tout stimulait sa rancune et sa colère.

— Voilà donc, se disait Marthe, ce qui la rend si joyeuse; ce mari qu'elle m'a volé, elle le trompe impudemment! cet amant qu'elle s'est donné, c'est celui que j'aurais aimé, ce bonheur dont elle est si fière c'est à mon détriment qu'elle y est parvenue!

Pas un mouvement de Raphaëlle qui n'avivât l'envie dans l'âme de Mme Dolbert. Elles se dirigeaient vers la rue La Bruyère.

Alors Marthe eût une idée subite.

— Si je l'accompagne jusqu'au bout, se dit-elle, je ne la verrai pas entrer chez ce peintre, car elle se retournera sûrement avant de franchir le seuil et je risquerais d'être vue. Prenons une voiture, arrivons là-bas avant elle, et surveillons la rue de quelque endroit propice.

Non loin de chez Teyran se trouvait un marchand d'objets anciens. Marthe s'y installa, les yeux à chaque instant fixés vers la porte cochère, et acheta successivement un petit bronze et quelques mètres d'étoffe rare. Elle prétexta alors un peu de fatigue et demanda à se reposer pendant quelques minutes. A cet instant Raphaëlle arrivait. Après un dernier coup d'œil à droite et à gauche elle s'engouffra

sous le porche et Marthe devint si pâle en la voyant passer que le marchand lui demanda si elle se trouvait souffrante.

Aimait-elle donc Teyran ? d'où lui venait ce coup au cœur ? Hélas ! elle était ainsi faite de n'aimer que ce que l'autre aimait, et de se détacher de tout ce que les autres paraissaient dédaigner !

Elle sortit lentement de la boutique. Maintes fois elle leva les yeux vers le vitrage de l'atelier, se doutant bien que c'était l'appartement des amoureux. Elle était triste, si triste qu'elle ne savait plus si le regret de son espionnage dominait, ou bien le dépit d'avoir été dédaignée. Dans le tumulte de ses sentiments son imagination lui représentait Raphaëlle et Teyran dans les bras l'un de l'autre ; elle souffrait affreusement. Comme elle descendait lentement la rue Notre-Dame-de-Lorette, non loin de la petite église, elle rencontra Le Barancey. Solitaire et mélancolique, il marchait les yeux dans le vague. Elle fit un crochet pour se trouver en face de lui :

— Comme vous voilà grave, M. Le Barancey ! sur quoi méditez-vous ?

— Madame, répondit-il, j'étais seul, et la solitude est rarement gaie.

Mme Dolbert prit un air de commisération :

— Eh ! cher Monsieur, c'est votre faute ! Vous disparaissez brusquement de la société ! depuis combien de temps ne vous ai-je plus vu ?

Cette allusion à leur ancien badinage amena un triste sourire sur le visage du jeune homme.

— J'ai tellement peur qu'on se lasse de moi, répondit-il, que je m'enfuis toujours avant d'avoir senti que je deviens indifférent.

— Vous avez tort, mon cher ami, d'avoir si peu de confiance en vos amis.

Et Mme Dolbert prit affectueusement le bras de « son ami ». Ils descendirent ensemble la rue La Fayette. Une intimité nouvelle s'établissait entre eux.

—Vous souvenez-vous, disait Mme Dolbert, de notre commencement d'idylle ? pourquoi n'avez-vous pas persévéré ? il me semble que nous étions faits pour nous entendre...

— Tout m'a si mal réussi, disait Le Barancey — que j'appréhende le moindre succès.

Mme Dolbert se fit consolatrice. Elle pressait le bras du jeune homme.

— Venez me voir, lui disait-elle, croyez-vous que je sois heureuse? vous me confierez vos chagrins, je vous dirai aussi les miens, nous nous consolerons l'un par l'autre.

Et avant de se séparer ils prirent rendez-vous aux Champs-Elysées pour l'un des jours de la semaine suivante.

— Vous devriez m'écrire, dit encore Mme Dolbert au moment où il s'éloignait, — vous souvenez-vous que vous le faisiez autrefois? J'ai encore de vos lettres dans un tiroir. Vous m'aimiez alors ! ou du moins me le laissiez croire, pourquoi ne m'écrivez-vous plus ?

Le Barancey promit ce qu'elle voulut. Il était si découragé qu'un peu d'affection lui faisait du bien. Serait-il possible qu'on l'aimât un peu ? Son expérience de la vie avait été si rude !

Ils se séparèrent. Mme Dolbert rentra chez elle moins mécontente d'elle-même. Cette intrigue renouée lui paraissait une revanche sur sa vie toujours sans amour. Raphaëlle ne serait donc plus seule à être aimée ; elle aussi aurait un amant !

Et quand son mari rentra, toujours affairé et maussade, elle le regarda d'un regard singulier :

— Toi qui me dédaignes, lui disait-elle mentalement, tu ne te doutes pas que je vais me venger!

***

Si Le Barancey eût été homme à poursuivre rapidement ses avantages Teyran et Raphaëlle pouvaient être sauvés. Mais c'était un découragé. De ses diverses expériences sentimentales, il avait gardé la peur des choses de l'amour.

Ayant toujours été timide, sa première passion avait été pour une fille qui lui avait dispersé une partie de son patrimoine et l'avait bafoué de toutes les manières. Sentimental et faible, il subit d'abord sans se plaindre toutes les avanies. Peut-être même ne l'eût-il jamais quittée si elle ne lui avait déclaré un jour spontanément, dans un souper de jeunes gens, qu'elle en avait assez de sa neurasthénie. Et il se rappelait le flot d'injures qui était sorti brusquement des lèvres qu'il avait tant aimées! longuement elle avait énuméré toutes les infamies qu'il ignorait, toutes les trahisons qui l'avaient ridiculisé, s'était glorifiée de toutes ses turpitudes et brutalement lui avait déclaré qu'elle le trouvait trop stupide pour demeurer plus longtemps avec lui.

Telle avait été sa première aventure. Il avait alors décidé de n'avoir plus que des maîtresses d'une nuit. Mais bientôt écœuré de tant de bassesse il s'était épris d'une jeune fille jolie et pauvre qui lui avait joué la comédie d'amour. Il l'épousa et pendant deux ans eut l'illusion d'être heureux.

Un jour le premier magistrat de la ville où il exercait ses fonctions de substitut donnait une fête chez lui. On organisa une charade où sa femme devait jouer un rôle. Elle se retira avec son partenaire derrière un rideau sous prétexte de préparer le mot et les scènes du jeu. Quelqu'un eut l'idée malencontreuse d'écarter brusquement le voile qui les séparait du reste des invités et toute l'assistance vit la jeune femme qui sur les genoux de son compagnon l'embrassait éperdûment. Le scandale fut si grand qu'on obligea le mari à divorcer et plus tard à démissionner. Cette femme vivait maintenant à Paris dans une prostitution élégante et elle continuait à porter le nom de Le Barancey, malgré toutes les défenses que le tribunal lui en avait faites. Elle prenait une joie perfide à faire parler d'elle dans toutes les gazettes de la galanterie et il n'est pas une humiliation qu'elle eût voulu épargner à son ancien mari.

D'où venait donc cette hostilité des femmes à son égard?

Il était grand, mince, et de figure distinguée. Si ses cheveux devenaient moins abondants et si des rides précoces lui marquaient aujourd'hui le visage, n'avait-il pas été, jadis, un beau et svelte cavalier? Aujourd'hui encore, la trentaine à peine passée, il avait sur la grande majorité des autres hommes l'avantage inappréciable d'une tournure élégante et d'un esprit cultivé. Mais il était de ceux dont la douceur ironique mêlée de faiblesse et de dédain exaspère les femmes. Car l'ironie même légère les rebute. Elles ne comprennent pas cette tournure d'esprit qu'elles détestent d'instinct de même que la charge ou la caricature. Aussi Le Barancey redoutait-il toute aventure nouvelle, bien que son cœur demeuré tendre souffrît de cette solitude. S'il avait été attiré jadis vers Mme Dolbert c'est parce que personne ne lui faisait la cour. Puisqu'elle paraissait sans charme à tout le monde et qu'on la traitait comme exclue de tout le commerce amoureux, il s'était un moment voulu rapprocher d'elle.

Lorsqu'elle répondit à ses avances et que déjà des lettres s'échangeaient comme de tacites promesses, il s'était dérobé, soudain terrifié à la pensée de trahisons prochaines et de nouvelles douleurs. Prétextant un voyage il avait disparu.

Or voici qu'à nouveau Marthe lui témoignait un intérêt affectueux. Ne pouvant deviner le vrai mobile de ses avances, il avait été touché de cette confiance et de cet abandon. Serait-elle donc tendre cette femme que tout le monde jugeait impérieuse et froide? Et Le Barancey faisait un retour sur lui-même : Ne le considérait-on pas lui aussi comme un sceptique et un brutal? Dieu sait pourtant s'il avait besoin de tendresse !

Il se décida, selon sa promesse, à écrire à Mme Dolbert. Il adressa ses lettres poste restante. Elle lui répondit. Ils firent ensemble deux ou trois promenades ; et comme peu à peu l'intimité grandissait, les lettres de Le Barancey devenaient tendres et confiantes. Il avait bien eu au début à vaincre sa répulsion pour une correspondance nouvelle qui pouvait devenir la source de bien des ennuis. Mais il est si doux de s'épancher par lettres quand on a été longtemps malheureux !

Mme Dolbert recevait ces billets avec satisfaction. Pendant quelque temps elle s'efforça même de devenir sincèrement amoureuse, mais l'abominable sentiment qui lui gâtait tous ses plaisirs lui gâta encore celui-là. Chaque fois qu'elle rencontrait son ami, elle faisait mentalement une comparaison entre sa fatigue précoce, sa tristesse et sa prudence apeurée avec la jeunesse, l'éclat et la passion énergique de Teyran. Peut-être Raphaëlle avait-elle repoussé Le Barancey, en tout cas elle l'avait dédaigné. Marthe en serait-elle donc réduite à recueillir les épaves abandonnées?

A certains jours, dans les promenades qu'ils faisaient ensemble, Marthe parlait d'amour avec une amertume, une fougue froide qui étonnaient son compagnon et le laissaient perplexe. C'est que cette femme malheureuse par dessus son interlocuteur parlait à l'amant idéal dont elles rêvent toutes, le « Sauveur attendu », celui qui serait beau et la trouverait belle, le Rédempteur dont elle serait fière enfin, et qui ferait se retourner les autres femmes avec un mouvement qui dirait :

— Comme elle est heureuse d'être aimée par un tel amant !

Le Barancey était aussi peu que possible le personnage de ce rôle. Quand ils se promenaient ensemble Mme Dolbert ne cessait de penser aux rendez-vous de la rue La Bruyère. Il n'y avait entre eux aucun entraînement sensuel. Chaque baiser qui se donnait là-bas avait en elle une répercussion douloureuse. Et le calme de cet homme triste en contraste avec tant de passion, finit par lui devenir enfin insupportable.

Mme Dolbert se déprit de Le Barancey. Elle lui en voulait de ne plus être beau, de ne plus être jeune ; mais elle lui en voulait surtout de n'être pas aimé par Mme Ollivier. Un jour elle cessa de répondre à ses lettres. Et le jeune homme chercha vainement la raison de cette rupture. Il ne devait comprendre que plus tard. Mais il eut le vague pressentiment qu'il n'avait joué qu'un rôle de comparse dans une intrigue compliquée dont il ignorait les données et cette tentative manquée où il avait mis naïvement tout ce qui lui restait d'illusion le laissa plus triste encore qu'il ne l'était auparavant.

Mme Dolbert se replia sur elle-même. Son mari à côté d'elle continuait sa vie silencieuse et égoïste. L'ennui retombait sur sa vie comme une dalle sur une tombe et elle pensait dans le fond de son cœur :

— A quoi donc m'a servi toute la fortune de mon père ! il a réchauffé à notre foyer une femme qui m'a pris mon bonheur. Je suis seule. On me traite, sans que je sache pourquoi, comme si j'étais laide. Je n'ai ni enfants, ni mari, ni amour. Tout conspire à me rendre méchante. Il faudra bien que je me venge. Ah ! comme je la hais ! comme je la hais !

Et Raphaëlle, joyeuse et confiante, continuait à être heureuse avec sécurité.

* * *

Plusieurs fois, comme par désœuvrement, Marthe avait fait de petits brouillons de billets :

Monsieur,

Quelqu'un qui s'intéresse à vous désire vous prévenir que votre femme vous trompe. Son amant est M. Teyran. Elle passe chez lui plusieurs après-midi par semaine. Il vous suffit d'ouvrir les yeux pour savoir en qui vous avez confiance...

Ou encore :

Monsieur,

Il est honteux qu'un homme de votre âge et de votre caractère soit bafoué aux yeux de tout le monde. Vous êtes le seul à ignorer que votre femme vous trompe avec le peintre Teyran...

Ou encore :

Monsieur,

Votre confiance envers votre femme vous rend ridicule. Tâchez donc de savoir ce qu'elle va faire si souvent chez M. Teyran, 4, rue La Bruyère...

Mais l'ignominie du procédé la faisait encore hésiter. Et au surplus elle ne trouvait pas la formule hypocrite qui devait la mettre à l'abri du soupçon.

Un soir qu'elle était couchée depuis déjà longtemps et que l'insomnie rendait aigües toutes ses sensations elle souffrit comme dans un cauchemar en pensant à sa vie manquée. L'image de son ennemie s'imposa à son imagination. Il lui sembla que Raphaëlle tenant d'une main son mari et de l'autre main son amant la regardait avec des yeux moqueurs. L'image était même si précise qu'à une minute donnée Marthe crut voir que Raphaëlle embrassait Ollivier dans le cou et Jacques Teyran sur la bouche. Les hommes paraissaient ignorer la présence l'un de l'autre. Raphaëlle souriait, ironique et légère.

Cette insomnie peuplée de songes devint intolérable. Marthe alluma une lampe. La clarté blafarde tombant de l'abat-jour sur la petite table éclaira du papier et des enveloppes blanches. Marthe pensa de nouveau qu'avec quatre lignes elle pourrait en finir. Elle composa mentalement dix ou douze brouillons de lettre. Enfin elle se décida. Ce qu'elle avait trouvé lui parut admirable.

En longue chemise de nuit, la manche relevée laissant voir son bras nu, le haut de la figure dans l'ombre, le menton, le cou et les épaules dans la lumière, lentement et gravement Marthe écrivit ceci :

Mon cher ami,

Ta femme te trompe. Tout le monde s'en amuse. Tu es le seul à paraître ne pas le savoir. Va donc un après-midi chez Teyran, tu te rendras compte par toi-même.

Et elle signa — comme Judas jadis appelait maître celui qu'il avait trahi :

« Ton ami ».

Satisfaite de cette rédaction, elle recopia la lettre de la main gauche et se proposa de la jeter à la boîte le lendemain au bureau de poste qui se trouve au rez-de-chaussée du cercle de la rue Volney. De cette façon Ollivier pourrait croire que la lettre avait été écrite au cercle par l'un de ses amis. Satisfaite de sa ruse, elle cacheta soigneusement, inscrivit l'adresse de la même manière, et se coucha de nouveau, très calme, comme lorsqu'on vient de prendre une résolution définitive après de longues incertitudes.

Que faisait-elle, après tout, de si extraordinaire ? d'abord elle se vengeait, ensuite elle rendait service au mari, enfin elle mettait un terme à un scandale public. Car cette liaison maintenant était connue de tant de gens qu'elle avait pris son rang parmi les liaisons classées. Tout le monde à Paris disait : la jolie Mme Ollivier ? elle est avec Teyran, vous savez bien, le petit chérubin... Etait-ce même une indiscrétion que répéter au principal intéressé des propos qui couraient les rues ? Son raisonnement, somme toute, était analogue au raisonnement hypocrite et stupide des hommes, si nombreux, qui abordent un ami en lui disant « Tu sais, je te dis cela pour ton bien, tu devrais surveiller ta femme, on dit qu'elle s'en laisse conter par notre ami un tel... » Qui dira jamais la part d'imbécilité et la part d'hypocrisie envieuse qu'il y a chez ces prétendus honnêtes gens ?

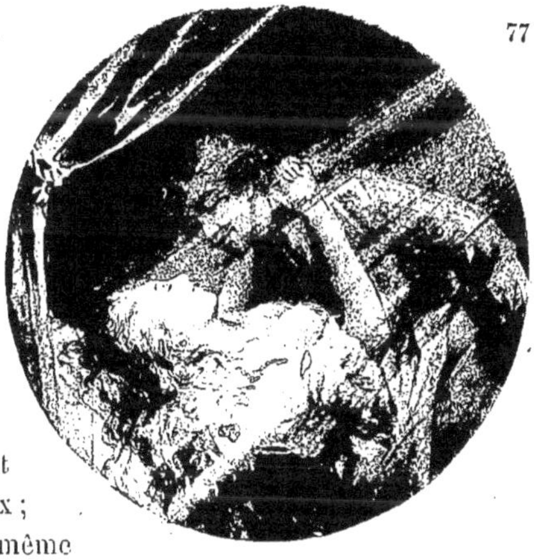

Marthe ne s'avouait pas que si cette liaison était devenue si notoire c'est parce qu'elle en avait répandu le bruit injurieux ; elle ne se disait pas qu'elle-même avait ardemment désiré de pareils rendez-vous passionnels. Elle se complaisait au contraire dans son honnêteté sans tache. Puisqu'elle n'avait jamais eu de véritable amant, elle avait le droit de se montrer sévère. Et si elle faisait cesser ce perpétuel défi aux bonnes mœurs pourquoi se le reprocherait-elle ? Si Raphaëlle était punie ne l'avait-elle pas mille fois mérité ? Quelle justice y aurait-il dans le monde si les honnêtes femmes se trouvaient confondues avec les malhonnêtes ? Marthe se déclarait sans reproche.

Les femmes oublient leurs torts avec une grande facilité. Que de mondaines qui rencontrent sans aucun remords des hommes qui furent leur amant ! Si l'un d'eux avait l'inconvenance d'évoquer des souvenirs, de quel ton ne leur répondraient-elles pas :

— Je ne sais pas, Monsieur, ce que vous voulez dire.

Dès qu'elles n'aiment plus tout se trouve effacé. Elles se reconstruisent à elles-mêmes un passé irréprochable. Le premier devoir de celui qui a eu une liaison c'est d'en perdre jusqu'au souvenir, on n'est galant homme qu'à ce prix. Aussi Marthe n'était-elle même pas troublée par le souvenir de ses tentatives amoureuses. Si elle n'avait été aveuglée par l'orgueil et le contentement de soi elle se serait rappelée pourtant l'adroite calomnie du couvent, elle se serait souvenue de son abominable indiscrétion le soir des fiançailles, et de son flirt avec Teyran, et de sa visite rue Clément-Marot lorsqu'elle fit cette démarche pour séduire Ollivier ou pour le détromper, et de son enquête perfide, et de sa trame de policière, et de sa conduite avec Le Barancey. Mais sa conscience ne lui reprocha rien. Elle s'endormit d'un sommeil paisible.

Et le lendemain, froidement, méchamment, elle alla jeter à la poste la lettre accusatrice. Lorsque la boîte cliqueta c'est à peine si elle se sentit un court remords vite apaisé. Bah ! Ces rendez-vous enfin cesseraient, et l'amour-propre de Raphaëlle sans doute en serait rabattu. Cela lui serait une leçon, un peu dure mais profitable. Qu'importe la douleur des autres ? Marthe pouvait rentrer chez elle tête haute, personne ne saurait par qui cette lettre fut écrite, et cela allait être si intéressant, maintenant, de voir « ce qui va arriver » !

* * *

Edmond Ollivier était un homme paisible, sans défiance, et loyalement amoureux de sa femme. Quand il rentrait du Ministère des Colonies il se reposait les yeux sur sa fille et sur Raphaëlle. Il était loin de soupçonner quoi que ce fût. Cette lettre anonyme le bouleversa. Non qu'il y crût ! Mais les insinuations de Marthe l'avaient troublé déjà plus qu'il n'osait se l'avouer, et il ne pouvait se dissimuler que si, dans son intérieur, sa femme demeurait charmante, elle lui témoignait, dans l'intimité, un goût de moins en moins vif pour les réalités de l'amour. Deux ou trois détails aussi, mis bout à bout, lui donnaient une sorte d'anxiété. Bref le soupçon faisait son œuvre. Il y a dans les lettres anonymes un poison subtil. L'inquiétude pénètre lentement toute l'âme du malheureux et avec elle s'insinuent le doute, l'inquiétude, le désir de savoir, la sensation d'une catastrophe possible, la frénésie de se rendre compte.

Ollivier passa par toutes ces phases. La lettre lui parvint à son bureau parmi tout un courrier de lettres inutiles. Il essaya d'abord de n'y attacher aucune importance. Mais le papier tombé à terre tout froissé attira longtemps ses regards avec une puissance magnétique.

Il chercha ensuite à se rendre compte de qui pouvait venir cet hypocrite avertissement. Il ne se connaissait pas d'ennemis. Il soupçonna cependant un ancien camarade dévoyé à qui, au cercle, on attribuait déjà sous le manteau une ou deux lâchetés de ce genre. Comme sa nervosité grandissait, il renonça pour ce jour-là à tout travail sérieux. Il prétexta un malaise et sortit. Le grand air lui rendit un peu de calme. Quel était ce Teyran? Il avait entendu ce nom deux ou trois fois comme celui d'un peintre qui allait dans le monde. Raphaëlle ne lui en avait jamais parlé. Cela lui parut étonnant. Il voulut marcher pour secouer l'angoisse qui le saisissait. Il prit la rue qui longe la Seine Il marchait à grands pas, longeant le quai Voltaire, les yeux machinalement occupés à suivre le sillage des bateaux. Le temps était au dégel. Une boue épaisse et noirâtre couvrait la chaussée et envahissait le trottoir. Il ne s'en aperçut qu'en se voyant couvert d'éclaboussures et attablé dans un misérable café de la rue de la Tournelle, sans qu'il sût exactement comment il s'était échoué là.

Dans le café, pour la vingtième fois, il relut la lettre et l'adresse. Le papier avait été coupé à même dans une grande feuille de format écolier. Etait-ce une habileté de plus de l'indicateur anonyme? ou l'indice que le billet venait d'un homme de bureau? Il pensa aussi à Mme Dolbert. Son esprit flottait d'une opinion à l'autre. Peu à peu il se sentit la tentation irrésistible, hallucinante, d'aller directement chez ce Teyran et d'avoir le cœur net de cette calomnie. S'il avait connu l'adresse il est certain qu'il n'eût pas résisté au désir d'y aller d'un trait. La difficulté d'apprendre cette adresse, l'enquête à laquelle il lui faudrait d'abord se livrer pour la connaître, lui rendit moins pénible de prendre une détermination moins extrême. Dans son trouble il ne pensa pas à consulter le Tout-Paris, ce même Tout-Paris où Mme Dolbert avait trouvé la certitude qu'elle cherchait.

La souffrance commençait à lui tordre le cœur. Il se prit la tête à deux mains, tâcha longuement à se raisonner; dix fois il prit la résolution de brûler ce papier, mais dix fois le soupçon revint toujours plus vif.

En arriverait-il donc, sur une telle dénonciation, à douter de sa femme ? à la suivre peut-être ? Il repoussa cette idée comme humiliante. Mais il fallait prendre une décision. Puisqu'après tout le doute l'avait mordu, le plus simple n était-il pas de retourner chez lui ? Raphaëlle sans doute serait rentrée. Il lui montrerait cette lettre, loyalement, et rien qu'à son sourire il comprendrait de quelle inutile infamie il avait été dupe un moment. Une telle certitude lui revint de la loyauté de sa femme qu'il se trouva rasséréné. Comment avait-il pu hésiter si longtemps ? C'était, à l'évidence, le seul parti à prendre. Il arrêta une voiture. Et, chemin faisant, le calme retrouvé, il imaginait déjà le sourire confiant avec lequel il montrerait sa lettre.

— Regarde, chère amie, comme on envie notre bonheur !

Et il imaginait déjà la jolie figure de Raphaëlle :

— Tu as bien fait, cher ami, de ne pas avoir une minute d'inquiétude.

Voilà les paroles qui allaient être dites tout à l'heure. Quel enfant il était d'avoir tant souffert pour une calomnie sans fondement ! Sa voiture marchait rapidement. Il lui sembla que le temps s'éclairait d'un rayon de soleil.

Raphaëlle n'était pas revenue. Il était 6 heures. La nuit était presque entièrement tombée. Ollivier s'installa dans un fauteuil et prit un livre pour l'attendre. Le livre lui tomba des mains. La lampe près de lui charbonnait.

A sept heures la servante entra diposer le couvert.

— Ne savez-vous pas où Madame est allée?

— Non, Monsieur, mais Madame rentre souvent bien plus tard que cela !

Plus tard que sept heures ! Le fait en lui-même n'avait rien d'étonnant puisqu'ils ne dînaient très souvent qu'à huit heures. Ces paroles cependant résonnèrent douloureusement dans le cœur d'Ollivier. Que pouvait bien faire Raphaëlle les jours où elle demeurait ainsi dehors toute l'après-midi ? Une tristesse immense faisait place en lui à la surexcitation nerveuse. Il se renversa la tête sur un fauteuil, relut une dernière fois la lettre abominable et demeura les yeux dans le vague, les deux avant-bras accoudés sur les montants de velours du fauteuil, les jambes allongées, molles et détendues.

Il pensait au mystère des choses, à l'inconnu redoutable qu'il y a dans toutes les femmes, à tout ce qui sépare et à tout ce qui fait souffrir, à ces infiniment petits qui s'agrègent imperceptiblement pour créer une barrière entre deux êtres qui s'aimaient, aux exemples qu'il avait connus, aux adultères qu'il avait lui-même commis avant son mariage, à toute la faiblesse et toute la misère humaines, à tout ce qu'on ne sait pas, à tout ce qui s'écroule et à tout ce qui passe. Deux larmes lentement se formèrent dans ses yeux, grossirent, devinrent lourdes, coulèrent le long des joues, se perdirent dans les moustaches, dans la barbe, et il ne fit rien pour les retenir, il ne fit rien pour les sécher. La brûlure de leur sillage creusait encore ses traits déjà si graves. Il le sentait. Et comme vivait toujours en lui l'espoir vivace, l'intime conviction que cette tristesse était sans objet sérieux, il goûtait une petite volupté âcre et rude à s'attendrir ainsi sur les autres et sur lui-même.

Raphaëlle ne revenait pas. Ce retard devenait étrange. Tout à coup Ollivier s'imagina qu'elle s'attardait peut-être dans les bras de son amant et il eut la vision, l'horrible et répugnante vision de la femme bien-aimée entre les bras d'un autre mâle qui la marquait de ses ca-

resses, la souillait de ses baisers, la salissait de son contact. Son cœur se prit à battre, désordonné, fougueux, il souffrit aux tempes comme d'un martellement, il se sentit étranglé, comme si vraiment il avait vu. Alors il se leva, les yeux hagards, se frotta les paupières, marcha de long en large et dit presque tout haut comme dans les demi-ténèbres :

— Allons ! allons ! est-ce que je deviens fou ? Il est temps que cela cesse.

A ce moment il entendit le bruit de la porte d'entrée. La voix gazouillante de Raphaëlle parvint à son oreille comme un baume sur une blessure. Il entendit qu'elle demandait l'heure :

— Mon Dieu ! mon Dieu ! ma montre s'était arrêtée et ce cocher qui se trompait tout le temps !

Pour ne pas défaillir, Ollivier s'assit devant la table toute couverte. Il regarda fixement la porte. Elle s'ouvrit. Il est probable que ses traits étaient affreusement décomposés, puisque dès son entrée Raphaëlle s'arrêta sur le seuil, devenue elle-même toute pâle :

— Qu'est-ce qu'il y a, mon ami ? Es-tu malade ?

Il y avait dans l'air quelque chose de tragique. Ollivier demeura un instant sans répondre. Ce silence parut un siècle. Il était lourd, chargé d'orage. Les yeux d'Ollivier plongeaient dans ceux de Raphaëlle. Il ne la quittait pas du regard, et lui qui avait décidé d'être calme, de sourire, voici que tout à coup il se dressait, terrible, et que Raphaëlle déjà était épouvantée.

— D'où viens-tu ?

Cela fut dit d'une voix sèche, avec des yeux ardents et une immobilité solennelle. La question alla frapper en plein cœur comme une balle, l'oiseau de Paradis qui rentrait si joyeux. Raphaëlle balbutia. Ses yeux ne pouvaient soutenir le regard effrayant d'Ollivier. Et avant même qu'elle eût commencé à répondre :

— J'ai fait des courses, des visites, je suis allée...

Deux ou trois secondes peut-être s'étaient passées, ou cinq ou six ou dix peut-être qui avaient affolé Ollivier. Dans l'extrême exaltation où il se trouvait, les nerfs acquièrent une sensibilité extraordinaire. Si Raphaëlle eût répondu sans embarras, avec la bonne humeur qu'aurait dû provoquer une colère aussi insolite, Ollivier tout de suite radouci eût demandé par-

don de sa brutalité. Mais Raphaëlle se troubla. Le sang qui d'ordinaire colorait son visage la laissa brusquement d'une pâleur extrême, ses mains se mirent à trembler, elle prononça deux ou trois mots sans suite avant de reprendre un peu possession d'elle-même. Et, d'un geste, arrêtant le flot de ses paroles Ollivier devenu effrayant siffla plutôt qu'il ne prononça :

— Revenez-vous de chez M. Teyran ?

Et comme elle en revenait en effet et que c'était rue La Bruyère qu'elle s'était attardée si longtemps, Raphaëlle se trouva devant cette question comme devant une catastrophe, comme devant un abîme brusquement ouvert sous ses pas. Elle porta la main gauche à son cœur, ferma les yeux, et fut tombée sur le parquet si elle ne se fût retenue de la main droite à la crédence qui se trouvait près d'elle.

Effroyable divination des choses du cœur ! Pas une minute Ollivier ne pensa que la brusquerie de son attaque pouvait avoir bouleversé cette femme. Tout de suite il sentit qu'elle lui avait dit vrai, la misérable lettre qu'il avait à la main, et une férocité qu'il ne se connaissait pas s'agita tumultueusement en lui. Debout maintenant et le visage si près du visage de Raphaëlle qu'elle sentait le souffle enflammé de sa bouche :

— Pas de comédie, s'écria-t-il, je veux savoir la vérité. Tu reviens de chez ce Teyran ?

Et toute petite, anéantie, les bras sans force le long du corps, adossée contre la muraille, les lèvres si blanches qu'on les eût dites cadavériques, elle ouvrit cependant les yeux pour lui dire d'une voix étouffée, plaintive et tendre :

— Oh ! Edmond ! Edmond ! laisse-moi ! laisse-moi !

— Réponds ! Réponds ! reprit-il comme ivre de rage, reviens-tu oui ou non de chez ce peintre de malheur ?

Il lui avait emprisonné les mains dans ses paumes robustes. Il les secouait violemment comme pour réveiller une morte :

— Réponds ! Réponds ! Est-ce de chez lui que tu reviens ?

Raphaëlle ferma les yeux de nouveau ; le visage convulsé qui lui brûlait les yeux elle ne pouvait pas en supporter la vue! Une patiente, jadis, en subissant la question ne pouvait pas souffrir plus qu'elle ne souffrait en ce moment. Sous le martellement de cette interrogation répétée, elle devint inerte comme jadis devenaient inertes les malheureux qu'on tenaillait. Il lui venait aux lèvres le cri de la pauvre créature qui aime mieux mourir que de souffrir encore, le cri de désespoir qui dut être poussé si souvent : J'avoue, j'avoue, mais desserrez l'étau dans lequel je me tords !... Sa vue devint confuse, son cerveau devint trouble et elle répondit comme faisant écho à une voix qui lui dictait ses paroles :

— Oui, mais pardon, pardon, tu me fais mal.

— Ah ! chienne !

D'un geste brusque, comme deux objets flasques, il lui jeta sur la poitrine les deux petites mains qu'il tenait dans les siennes, et il l'eût battue, oui, battue à la faire mourir s'il n'avait eu honte brusquement de sa violence envers une si évidente faiblesse, un si total renoncement, un si intégral anéantissement.

Raphaëlle était à demi évanouie. Il s'éloigna d'elle tout frémissant et alla s'asseoir devant la table, les deux poings crispés contre ses deux oreilles toutes pleines de bourdonnements.

Combien de temps demeura-t-il ainsi? Ils n'entendirent ni l'un ni l'autre la servante frapper doucement à la porte, l'entr'ouvrir et puis se retirer, terrifiée de ce qu'elle avait vu, glissant sur la pointe des pieds comme dans les maisons où quelqu'un vient de trépasser. Ollivier paraissait plongé dans la stupeur. Un bruit l'en éveilla : c'était une voix douce mêlée à des gémissements, une sorte de modulation de sanglots, une plainte sourde, lamentable, un thrène désespéré où l'on reconnaissait des mots et des lambeaux de phrases. Deux syllabes surtout revenaient en refrain, sinistres et épouvantées :

— Edmond, Edmond ! disait la voix, je te demande bien pardon...

Et comme sur un rosaire de douleurs reviennent les *Pater* marqués par les grains noirs :

— Edmond ! Edmond ! disait la voix, je te demande bien pardon !

Et comme une rosée d'orage aux larges gouttes lourdes et chaudes tombaient des larmes de ses yeux :

— Je t'assure que je t'aimais. Rappelle-toi nos fiançailles ! Je ne sais vraiment pas comment cela s'est fait. Il y a eu des circonstances... mais je ne cessais de t'aimer... Est-ce donc fini pour toute la vie? Ma petite fille bien-aimée !... que va-t-elle devenir ? Edmond, je me repens...

Et toujours cette phrase revenait sincère et pourtant incroyable : « Je ne sais comment cela s'est fait... Je t'aimais... Je te demande pardon... Dis-moi que tout n'est pas fini, laisse-moi espérer... encore un peu... regarde-moi... réponds, Edmond... Edmond... Edmond...

Il se retourna. Son visage tout convulsé encore de colère, était empreint d'une froideur exaspérée, d'une énergie tyrannique qui glaça Raphaëlle jusque dans les moëlles. Une expression indicible de mépris émanait du regard, faisait se plisser les sourcils, abaissait les commissures des lèvres. La voix avait repris une sorte de calme, mais plus effrayant peut-être encore que la violence qu'il remplaçait.

— Taisez-vous, dit-il brusquement. Je devrais vous écraser, mais vous ne m'inspirez plus que du dégoût. Allez vous-en. Débarrassez cette maison de votre présence. Retournez-y, chez votre amant, vous n'êtes plus rien ici, entendez-vous, allez-vous-en.

Mais Raphaëlle ne veut pas sortir. Elle est assise maintenant courbée en deux par les sanglots sur un escabeau de bois noir. Elle gémit, et se lamente :

— Edmond ! Edmond ! rappelle-toi...

Mais il surgit, dressé de toute sa taille, inexorable et méprisant :

— Va-t-en ! rugit-il de nouveau. Je t'avais tout donné, tu as tout souillé ! Je comprends maintenant pourquoi tu n'aimais plus la chambre conjugale ! Tu demandais mieux, n'est-ce pas? Il te fallait des baisers épicés par un goût d'adultère, et le mensonge, et la duplicité, il te fallait du vice, hein ? sale bête !

Et comme la colère lui tendait à les briser tous les muscles de son visage il s'arrêta brusquement par un effort suprême de volonté, et la main tendue vers la porte :

— Va-t-en ! va-t-en !

Raphaëlle essaya une fois encore d'intercéder, mais la voix lui hachait chacune de ses phrases.

— Va-t-en ! va-t-en !

Et comme elle tardait encore, il la saisit par le bras, la poussa dans l'antichambre, lui remit de force le chapeau qu'elle venait d'ôter, jeta sur ses épaules le premier manteau qui lui tomba sous la main. — Va-t-en ! va-t-en ! Et Raphaëlle se trouva dans la rue, dans le froid, dans le noir, tremblante d'angoisse et d'épouvante.

Alors Ollivier rentra dans la salle à manger :

— Justine ! cria-t-il, enlevez ce couvert, servez-moi le dîner !

Mais sa gorge serrée se refusa à laisser passer aucun des aliments et quand il monta pour embrasser sa fille et pour s'étendre sur son lit ; la servante qui avait deviné tout le tragique de ce drame le vit qui montait l'escalier en titubant comme un homme ivre :

— Pauvre Monsieur ! dit-elle entre ses dents, il a bien fait de la chasser, sa coquine de femme !

* * *

— Je t'avais tout donné, tu as tout souillé. Va-t-en, chienne !

Cette avalanche d'injures et ce geste de mépris définitif venant de la part de l'homme aimable en qui elle n'avait jamais connu jusque-là que de la douceur et de la délicatesse laissa Raphaëlle comme submergée sous un flot de honte et de désespoir. Elle tremblait de tous ses membres. Ses jambes flageolaient. Elle marchait sans savoir où, et dans la détresse sans limite où elle se trouvait une phrase qu'elle ne prononçait pas venait expirer sur ses lèvres :

— Mon Dieu ! mon Dieu ! qu'est-ce que je vais devenir ?

Une pluie froide mêlée de neige commença de tomber lentement. Toute frissonnante elle ramena sur elle les pans de son manteau mais elle était glacée de froid et d'émotion. Ses dents claquaient les unes contre les autres.

Où aller ? Il n'était pas loin de neuf heures.

Son esprit ne pouvait se détacher de cette vision effroyable : son mari la chassant ignominieusement avec ce geste de dégoût. Maintenant elle comprenait toute la gravité de l'acte qu'elle avait commis. Mais quel mirage l'avait trompée ? Toutes ses amies parlaient comme de choses anodines de leurs liaisons amoureuses. Le théâtre, le roman, les conversations, les plaisanteries, les confidences, tout avait conspiré à lui laisser croire que presque toutes les femmes avaient eu un amant. Et tandis que toutes ou presque toutes demeuraient impunies il fallait que ce fût à elle qu'arrivât cette catastrophe inouïe ? Elle en était abasourdie. Mais comme elle avait gardé le jugement droit et que, si coupable qu'elle fût, son âme n'était pas tout à fait pervertie, elle sentait bien quelle avait été son erreur et qu'elle touchait à la réalité. Avait-elle eu jamais un reproche à faire à son mari ? Et comme elle sentait bien que c'était encore une preuve d'amour que cette fureur et ce mépris ! Elle ne se révoltait pas contre tant de brutalité. De quelle hauteur elle était tombée pour cet homme loyal et bon ! Il l'avait traitée en fille. Et en effet elle était une fille. Car comment aurait-il compris la part d'inconscience qu'il y avait dans son crime et quelle avait été la complicité, dans sa chute, de toutes les exaltations et de toutes les indulgences de Paris ?

Et voici que maintenant elle se trouvait sans foyer, sans ami, sans même un gîte où se terrer, ce soir, comme une pauvre bête blessée.

La neige fondue et la pluie devenaient une boue noirâtre. De la fange lui montait sur la robe. Elle voulut prendre un fiacre et s'aperçut qu'elle n'avait pas d'argent. Son porte-monnaie sans doute était demeuré dans sa pelisse de fourrure. Que faire ? elle continua de marcher. Mais elle ne savait pas où ses pas la menaient. A mesure qu'un projet s'élaborait dans son cerveau elle en voyait de suite l'impossibilité. En admettant qu'elle reprît un peu possession d'elle-même, il n'y avait personne à Paris où elle osât se présenter à cette heure tardive et dans l'état lamentable où se trouvait déjà sa robe. D'amie intime quelle femme en a à Paris? Et Raphaëlle en imagination voyait déjà l'accueil que l'on ferait à cette femme errante tout d'un coup déclassée, sans appui, sans fortune.

Car de retourner dans un tel état chez son père et sa mère adoptifs voilà l'idée qui lui paraissait la plus humiliante. Ah tout! mon Dieu, oui tout, plutôt qu'une pareille extrémité!

Un homme qui la suivait à quelques pas et qu'elle n'avait point remarqué s'approcha d'elle tout à coup.

— Dites donc, la petite, vous êtes toute seule?

Et familièrement il lui toucha le bras.

Elle s'enfuit, épouvantée. Est-ce qu'on la prenait pour une femme des rues?

Son angoise était si grande qu'elle pensa à se tuer. N'était-ce pas la solution? elle se trouvait précisément sous les arbres des Champs-Elysées. Encore quelques pas elle aboutirait à la Seine. S'y jeter, s'y anéantir, en aurait-elle le courage? On croirait à un accident. Son mari sans doute comprendrait qu'elle s'était elle-même punie et il ne souffrirait pas que sa honte rejaillît sur son enfant. Un goût secret d'expiation survivant dans cette petite âme demeurée malgré tout relativement honnête l'inclinait vers le suicide, mais elle était si jeune encore! La mort lui faisait peur abominablement... Elle tourna à gauche, d'instinct, avec la certitude qu'elle se jetterait dans le fleuve si elle avait l'imprudence de descendre jusqu'au quai.

— Mon Dieu! mon Dieu! qu'est ce que je vais devenir?

Un passant la frôla encore en la regardant dans les yeux. Elle prit à nouveau sa course. Et tout à coup la plaque bleue de l'angle d'une rue lui indiqua qu'elle n'était pas loin de la rue La Bruyère.

Que pouvait-elle faire d'autre? son manteau et sa robe étaient trempés de pluie. Ses chaussures la faisaient affreusement souffrir.

Elle se sentait une épave tournoyant dans la grande ville, il ne lui restait plus qu'à demander secours au seul homme qui désormais eût envers elle des devoirs.

Mais quel œil insolent et quelle réponse méprisante que celle de ce concierge de la rue La Bruyère toisant du regard l'infortunée couverte de pluie et de boue.

— M. Teyran n'est pas chez lui.

— Est-ce que vous ne savez pas s'il reviendra bientôt ?

— Je n'en sais rien, ma chère Madame !

Dégoûtante familiarité ! Raphaëlle, épuisée, n'eût pas la force d'insister. Elle s'éloigna de nouveau dans l'inconnu. Quand elle passait devant une vitrine éclairée ou devant les glaces d'un café elle baissait honteusement la tête de peur que le hasard ne la fît reconnaître. Epouvantable nuit d'angoisse !

Il fallait que cela cessât. Dans le haut de la rue de Douai un hôtel d'apparence modeste attira l'attention de la désespérée. Elle ne pouvait pas coucher sur le trottoir ! Elle entra.

Mais à la vue de cette voyageuse couverte de boue, sans bagage, le patron de l'hôtel sortit la tête de sa loge :

— Inutile, Madame, nous n'avons plus de chambre.

Elle allait répondre : Pourtant Monsieur...

Mais le patron devint plus rogue :

— Inutile, je vous dis, Madame

Et il ajouta, insolent :

— Et puis nous ne recevons jamais de femmes seules !

Ce fut comme le coup de grâce.

Repoussée de partout, noyée, hagarde, semblable à une bête traquée, épouvantée devant la mort qu'elle sentait peser sur elle, elle s'assit sur le pas d'une porte et se mit à pleurer silencieusement, comme si son cœur se crevait de douleur et d'humiliation. Des gens passaient à côté d'elle, et s'écartaient comme d'une pauvresse. Quelqu'un voulut lui mettre quelques sous dans la main.

Que de larmes elle versa, longuement, lourdement, comme si ses paupières cachaient une source intarissable ! Grelottante de froid enfin elle se releva. Reprenant à nouveau sa marche lamentable, elle se dirigea vers la rue Saint-Denis. Toute volonté était morte en elle. Se coucher et dormir voilà où se réduisait maintenant sa pensée. Mourante de faim et de fatigue, elle se dirigeait vers la seule maison où elle eût quelque chance d'être accueillie avec pitié ! Et de même qu'une petite fille dans un désastre crie : maman ! elle s'en alla vers la rue d'Enghien. Ah ! quelle arrivée lamentable ! Rien ne lui fut épargné de ces petits détails cruels qui font souffrir comme des injures. Tout le monde était couché. Elle dut sonner à plusieurs reprises.

Des pas lourds s'approchèrent de la porte, une voix mécontente d'être dérangée cria : qui est là ? et Lobriet apparut en chemise de nuit, un bougeoir à la main.

— Qu'est-ce qui vous amène à cette heure-ci, vous qu'on ne voit jamais ?

— J'ai eu des difficultés avec mon mari — je vous demande l'hospitalité.

— Ah !

De quel accent il fut dit — ce mot qui répondait à tout ! l'intonation impliquait un mélange d'incrédulité, de réprobation et de mauvaise humeur.

Et de quel ton encore M. Lobriet cria dans les ténèbres à sa femme

— Louise ! c'est Raphaëlle qui a quitté son mari et qui demande un lit. Je vais le lui préparer, je reviens.

Mme Lobriet ne crut pas devoir se lever. Elle répondit :

— C'est bon ! dépêche-toi !

Comme si cette nouvelle ne l'étonnait que médiocrement, et Raphaëlle dans l'état de prostration où elle se trouvait ne comprit pas tout de suite que dans cet intérieur encore Marthe avait détruit sa réputation et détaché d'elle des cœurs qui autrefois l'aimaient. Il lui fallut bien sentir cependant dans l'attitude de ceux qui l'avaient élevée une hostilité méprisante. Ce fut pour son pauvre cœur ulcéré une dernière et cruelle blessure.

Est-ce que tout le monde maintenant allait la mépriser et lui tourner le dos ? sa détresse était sans limite. Elle aurait préféré mourir.

Lorsqu'elle s'éveilla d'un sommeil lourd et plein de cauchemars mais cependant réparateur car même dans les instants les plus tragiques, à vingt-cinq ans, on ne connaît pas l'insomnie, Raphaëlle demeura longtemps dans son lit, tournant et retournant dans sa petite tête les pensées et les projets les plus contradictoires. Sur une chaise, à côté de son lit, un amas de vêtements noirs, mouillés de pluie, souillés de boue ; au milieu de la chambre, une paire de petites bottines lamentablement sales et déformées lui étaient un témoignage tangible que ses souvenirs de la nuit répondaient bien à la réalité.

Qu'allait-elle faire? Elle se trouvait désormais toute seule dans la vie. La stupeur peu à peu faisait place à la réflexion.

Qu'il ne lui fallût pas compter sur l'affection des Lobriet tout le lui faisait sentir. Et non seulement l'accueil si hostile de la veille, mais le mouvement même qu'elle commençait à entendre autour d'elle en était une preuve nouvelle. Jadis, quand elle était jeune fille, vers les sept heures du matin on avait coutume de lui apporter dans son lit un peu de chocolat. Elle sentait bien qu'on ne lui apporterait rien ce matin.

Elle sonna pour demander une brosse. La bonne la lui apporta silencieusement et ne lui proposa même pas de l'aider. A deux ou trois reprises elle entendit la voix de Mme Lobriet, mais personne ne vint lui dire le bonjour. Tout l'indiquait. Elle était une gêne dans cette maison où jadis elle était aimée. On l'avait condamnée sans même lui demander une explication.

Des larmes roulèrent de nouveau dans les yeux de Raphaëlle. Elle se leva pour brosser ses vêtements, et se sentit si triste qu'à deux ou trois reprises elle s'arrêta comme suffoquée par le chagrin.

Ce qui augmentait encore l'immensité de son désespoir c'est qu'elle avait conscience de l'avoir mérité. Si dur qu'eût été son mari, il lui avait parlé comme elle méritait qu'on lui parlât. Quel vertige l'avait entraînée? dans quels abîmes avait-elle roulé? Et, dans son repentir, elle se reprenait à l'aimer, ce mari qu'elle avait torturé sans avoir l'intention de lui faire de la peine. Elle ne cherchait pas à s'excuser; elle se donnait tous les torts. Elle avait agi comme une misérable. Et le souvenir de sa petite fille augmentait son désespoir. Que deviendrait cette enfant? Et lui apprendrait-on à mépriser sa mère?

Un point qui la faisait souffrir aussi, c'était de ne pas savoir par qui la vérité avait été connue. Un instinct secret l'avertissait que Marthe n'était pas étrangère à son effroyable détresse, de même qu'elle ne devait pas être étrangère à l'hostilité méprisante des Lobriet mais elle n'avait aucun moyen de vérifier ses soupçons, et au surplus elle se sentait sans haine ni rancune, prête à l'expiation bien plus qu'à la vengeance.

La question était de savoir quel parti elle choisirait. De rester rue d'Enghien, voilà à quoi il ne fallait pas songer.

Où aller ?

Naturellement sa pensée se reporta vers Teyran. Mais elle se réjouissait presque, maintenant, qu'il eût été absent, la veille, quand elle était allée le demander. Que fût-il arrivé si elle avait passé la nuit auprès de lui ? sans doute ils ne se fussent plus quittés, et ce n'est pas ainsi que Raphaëlle entendait vivre. Elle avait encore dans l'oreille la phrase méprisante de son mari : Va-t-en le retrouver, ton amant ! Il y aurait eu trop de honte à devenir publiquement l'entretenue de ce jeune homme. Et un sentiment plus noble encore l'en empêchait. Teyran était pauvre. Il ne parvenait qu'à peine à maintenir son rang dans la société. Irait-elle alourdir de son poids la jeune carrière de ce jeune homme ? Il lui semblait que c'eût été de sa part encore une mauvaise action, et elle ne voulait plus commettre une seule mauvaise action. L'unique moyen qu'elle eût de se racheter à ses propres yeux et de reconquérir sa propre estime, c'était de ne pas reculer devant un sacrifice volontaire. Si elle avait dû subir d'être chassée par son mari, du moins aurait-elle l'énergie de s'amputer elle-même de l'autre moitié de son cœur. Sacrifice qui témoignait de son honnêteté native ! mais elle avait vécu dans un milieu frivole et de morale facile. Elle était devenue semblable à toutes les autres et cette faute qu'elle expiait aujourd'hui si cruellement, elle l'avait vue, tant de fois, demeurer impunie, qu'elle avait fini par croire confusément que c'était une faute admise...

Spontanément, dans le silence hostile de cette chambre, malgré tout son amour, et bien que Teyran fût le seul au monde sur qui elle pût compter, elle prit la résolution de ne plus le revoir. Amoureuse jusqu'au sacrifice de soi, repentante de ses fautes jusqu'à vouloir s'en punir elle-même, elle estimait que cette solution contentait à la fois son besoin d'expiation et sa délicatesse morale retrouvée. Non, des-

honorée, pauvre, frappée à mort, elle n'irait pas rompre à son tour la vie brillante qui s'ouvrait devant celui qu'elle avait aimé.

Et, morne, dans cette chambre silencieuse, assise sur un siège bas, les coudes aux genoux, ses deux petites mains appliquées sur les yeux, elle voyait déjà par la pensée Teyran à demi consolé, cherchant l'amour entre les bras d'une autre et l'oubliant enfin définitivement. Si douloureuse que lui soit cette pensée, Raphaëlle ne veut pas faiblir. Voici maintenant qu'elle envisage de nouveau une solution qu'au premier abord elle avait repoussée comme aussi folle que là résolution de se réfugier au couvent, et qui, à la longue, lui paraît la seule possible. Une de ses amies de pension est devenue directrice d'un cours de jeunes filles. Pour-

quoi n'irait-elle pas lui demander un emploi? Ce serait une sorte de couvent — et où elle garderait un peu d'indépendance. Ce serait aussi, pour son esprit, une occupation indispensable, et, pour le monde la proclamation qu'elle ne tomberait pas, comme tant d'autres, dans la galanterie.

Elle hésita longtemps encore. Mais toutes les hypothèses se ramenaient à ces deux solutions : ou s'en aller chez Teyran et l'entraîner dans sa chute en se perdant elle-même, ou solliciter une situation, un emploi chez cette amie. Elle se décida enfin définitivement, s'habilla, et, après quelques mots d'adieux aux Lobriet qui affectèrent de ne lui demander aucune explication, elle s'en alla directement rue de Sèvres, où se trouvait cette institution. Le soir même elle commençait chez son amie un des cours de frivolités. Elle devenait sous un nom d'emprunt professeur de piano, de maintien et de danse.

La brusque séparation de M. et Mme Ollivier fut, pendant quelque temps, dans le cercle de Mme Thomson, l'objet de toutes les conversations. Les amies de Mme Dolbert et les anciennes amies de Mme Ollivier multipliaient leurs visites entre elles pour tâcher de connaître jusqu'aux moindres détails. Une justice qu'il faut rendre à la morale parisienne, c'est qu'il y eut contre la jeune femme unanimité absolue. Dans le monde, il n'y a que l'amour que l'on ne pardonne pas. Même parmi ses anciennes amies, dont la plupart avaient la même faute à se reprocher, il n'en est pas une qui témoignât à son égard de la moindre indulgence. Les femmes les plus tarées proclamèrent très haut qu'après un pareil scandale, il n'était plus possible de recevoir cette malheureuse. D'autres encore — et avec elles un certain nombre d'hommes d'honneur — tout en accablant la femme, prirent parti contre le mari à cause de sa faiblesse. Il est évident que si cet homme avait eu du courage et le sentiment du point d'honneur, il aurait abattu sa femme à coups de revolver et tué aussi son amant.

On ne se doute pas du prestige dont un homme se prive quand il manque l'occasion d'assassiner légalement une ou deux créatures humaines.

Les moins méchantes, enfin, ignorant quelles angoisses avait souffertes Raphaëlle pendant la nuit de son départ, trouvaient l'aventure toute simple et qu'elle s'en tirait, somme toute, à bon compte. Son mari, sans doute, s'adresserait aux tribunaux, elle deviendrait une divorcée, ce qui est agréable, et s'offrirait tous les amants qu'elle voudrait.

Dans une telle atmosphère Marthe ne sentait pas toute son ignominie. D'abord personne ne savait comment le mari avait connu la vérité, et on ne rougit pas facilement devant soi-même lorsque l'on sait que tout le monde ignore votre faute. Puis, n'ayant aucun complice, elle se croyait sûre de son impunité (et cela seul eût suffi à tranquilliser sa conscience). Il y avait enfin contre Raphaëlle un tel accord que cela donnait à Marthe un air de justicier.

L'une disait : Je m'en doutais, cette petite Mme Ollivier, combien avait-elle eu d'amants ?

L'autre ajoutait :

— Oh ! cinq ou six ! on dit qu'elle conduisait à trois en même temps.

Décidément Marthe avait le beau rôle et, de l'aveu de tout le monde, Raphaëlle n'avait que ce qu'elle méritait. C'est un grand soulagement pour une justicière que de se sentir implicitement approuvée par tous les honnêtes gens que l'on connaît.

Un homme, cependant, gardait à ce sujet un silence incompréhensible. C'était le mari de Mme Dolbert. Il connaissait bien certainement la nouvelle, mais il affectait de n'en pas dire un mot. Bien que les rapports entre le mari et la femme fussent aussi froids que possible, ce silence ne laissait pas de paraître à Marthe un peu gênant. Plus que jamais elle avait l'impression de vivre en étrangère dans sa propre maison, entourée de l'indifférence du maître et de la servilité craintive des inférieurs.

Le quatrième jour, cependant, comme son mari déployait une fois

de plus le journal qu'il se proposait de lire pendant tout le repas, elle se décida à parler la première.

Peut-être le fit-elle maladroitement, peut-être le moment était-il mal choisi, mais aux premiers mots qu'elle en dit, Dolbert, si calme d'ordinaire, prit avec violence la défense de Raphaëlle. Etonnée de ce sentiment, Marthe s'éleva hautement contre l'immoralité de la jeune femme. Mais Dolbert paraissait parler de parti pris. Il rabroua rudement sa femme et tout d'un coup, à l'improviste, comme répondant à un besoin trop longtemps réprimé :

— Quels que soient ses torts, cria-t-il presque menaçant, elle me répugne moins que toutes les hypocrites que tu traites comme des amies. Je suis sûr que c'est une femme qui a prévenu le mari. J'approuve cet homme d'avoir agi comme il a fait, mais si je la connaissais, celle qui a écrit la lettre accusatrice, je lui dirais en face que c'est une envieuse, une criminelle, et la pire des misérables. Je la méprise — entends-tu bien — mille fois plus que Raphaëlle.

Et ses yeux verts fixement attachés aux prunelles de Marthe semblaient la fouiller jusqu'à l'âme. Se doutait-il de quelque chose ? Marthe fut troublée comme devant un juge. Elle répondit avec un mauvais sourire :

— Je ne savais pas, mon ami, que vous fussiez si indulgent pour ces sortes de choses...

Cette ironie piqua Dolbert. Il ajouta :

— Je n'ai aucune indulgence pour Raphaëlle, mais j'ai du dégoût pour celle qui l'a dénoncée. La femme qui a commis cette lâcheté n'était probablement qu'une envieuse à l'âme basse. Personne ne voulait l'aimer. Elle s'est vengée à sa manière. Je la méprise sans réserve. Voilà.

Et sa voix se faisait si âpre, si cinglante, que Marthe se sentit personnellement visée. Elle se tut. Mais elle avait sur son visage la même expression de haine et de colère qu'elle avait eue le jour où Ollivier l'humilia de la même façon.

Elle était de celles qui ne pardonnent pas.

— Ah ! se dit-elle mentalement, parce que tu t'es fait une vie en dehors de moi avec une ancienne maîtresse, tu crois pouvoir m'humilier et rester à l'abri de mon ressentiment. Crois-tu que si je suis honnête, je ne puisse faire autrement? Je te tromperai, mon ami, et ça m'amusera de te voir ridicule.

Elle chercha mentalement qui pourrait devenir tout de suite son amant. Ce fut Le Barancey qui lui parut tout indiqué.

Dès que son mari fut parti, elle écrivit ceci :

Cher Monsieur,

Venez me voir d'urgence cet après-midi, j'ai besoin du conseil d'un ami.

Marthe.

Elle fit porter ce billet par son domestique et commença une toilette de circonstance : jupe souple — pas de corset — et des parfums à en étourdir une foule. Elle disposa elle-même la chaise longue et le divan.

Elle se réjouissait à la pensée qu'elle aurait malgré tout un amant, et qu'elle pourrait le regarder avec pitié, ce mari orgueilleux qui se croyait si sûr de n'être pas trompé !

Le Barancey ne tarda pas à arriver. La lettre de Marthe l'avait extrêmement surpris, mais puisque le porteur de la lettre avait eu soin de demander qu'on la lui remît tout de suite, il avait cru de son devoir de galant homme de ne pas faire attendre une femme. Marthe le reçut comme un sauveur.

— Ah ! mon ami, lui dit-elle dès son arrivée, si vous saviez ce qui m'arrive ! je viens d'apprendre que mon mari a une maîtresse depuis cinq ans. Vous m'en voyez bouleversée. Que dois-je faire ? comme j'ai eu tort d'avoir tant de scrupules lorsqu'il en avait si peu, lui ! Ah ! cher ami, que dois-je faire ? conseillez moi !

Et elle s'assit tout près de lui sur le divan, lui prit la main, le regarda avec un air désespéré.

— Si votre mari vous trompe, lui répondit Le Barancey, ne vous troublez pas pour si peu. Vous avez une vengeance facile. Punissez-le par le même moyen !

C'est précisément la réponse que Marthe désirait entendre. Elle se lamenta quelques minutes encore, puis elle parla de leur idylle d'autrefois.

— Comme j'ai eu tort, n'est-ce pas, d'avoir voulu rester honnête !

— Sans doute, sans doute, disait Le Barancey, nous aurions pu à ce moment être vraiment heureux.

Mme Dolbert éclata :

— Ah ! dites-moi qu'il n'est pas encore trop tard !

Le Barancey la regarda. Cette impétuosité l'inquiétait. Elle s'approcha plus près encore de lui, le souffle de ses lèvres passait aux lèvres du jeune homme. Instinctivement celui-ci pencha la tête vers sa nuque. Si le profil de cette femme était impérieux et dur, du moins son front étroit et bas était-il surmonté d'une belle chevelure. Le Barancey respira ces cheveux. Il sentait se réveiller en lui son éternel besoin de caresses féminines, et il eût tout de suite étreint cette femme qui s'offrait si manifestement s'il n'avait été un peu inquiet tout de même de la tournure que prenait l'entretien et de la fougue de cette femme d'ordinaire si maîtresse d'elle-même. Cependant comme il l'avait aimée pendant quelques semaines de sa vie, d'un amour il est vrai un peu dolent et découragé mais sincère cependant et vivace, il se sentait peu à peu envahi par ce trouble voluptueux que suscite dans le tréfond de l'âme et du corps masculin la présence d'une femme qu'on n'a pas encore possédée et qu'on a la sensation de pouvoir prendre si on le veut.

Ce fut la précipitation de Mme Dolbert qui rompit tout le charme. Comme elle exécutait avec décision bien plus qu'avec tendresse un plan mûrement préparé et comme elle se défiait des perpétuelles incertitudes de cet homme timide, elle crut qu'il fallait ne pas perdre un instant. Le voyant très troublé, elle lui saisit presque violemment la tête entre les mains, l'embrassa avec force et tâcha de se renverser sur le divan propice.

Cette rapidité d'exécution dessilla les yeux du jeune homme. Il eut brusquement à nouveau la sensation qu'il avait eue déjà confusément de n'être entre les mains de Mme Dolbert que le comparse d'une intrigue compliquée. Que ce fût par dépit, par vengeance, ou par quelque autre sentiment, il lui devint tout de suite évident que l'amour, la tendresse, ni même le désir physique n'étaient pour rien dans cet emportement. Au lieu d'être un amant il devenait un instrument. Sa tristesse lui revint tout entière en même temps que sa désillusion. Le baiser de Mme Dolbert resta sans écho. Le Barancey reprit possession de lui-même. Il chercha une transition, se remit avec un sourire à faire de l'ironie sur leurs amies communes, parla très longuement, raconta des histoires, fit semblant de ne pas comprendre les transitions plus ou moins brusques que Mme Dolbert, étonnée, essaya une fois ou deux, et finalement prit congé, respectueux et amical, laissant son interlocutrice dans une stupeur mêlée de colère.

Cette stupeur était si visible que Le Barancey, toujours si grave, en riait cependant presque tout haut en regagnant son domicile.

— Je ne comprends rien à cette femme, se disait-il en s'en retournant, mais cette aventure est bien drôle. Il y avait dans cette histoire trop de choses énigmatiques. Il est évident qu'elle ne m'aime pas. En refusant ma collaboration j'ai dû déranger je ne sais quels plans et par le fait même échapper à je ne sais quelles machinations. Elle paraît être de celles qu'on ne prend ni ne quitte comme on veut. J'ai bien trop le souci de mon indépendance pour me lancer à nouveau dans de pareilles aventures !

Et ce philosophe rentra chez lui, très satisfait, plus décidé que jamais à ne risquer rien désormais de sa tranquillité.

Il faisait erreur cependant en se croyant sauvé. Il arrive toujours un moment où se révèle la dominante d'un caractère, une circonstance par laquelle toute passion éclate et détermine des catastrophes.

Après le départ du jeune homme, Marthe demeura comme en

prostration sur son canapé inutile. Voilà où elle aboutissait ! Jamais blessure d'amour-propre ne lui fut plus cruelle.

Etait-elle donc exclue de tout amour possible? Elle ne pouvait se le dissimuler : Le Barancey l'avait nettement repoussée. Et la longue suite de ses insuccès repassait successivement dans sa mémoire douloureuse.... Depuis le mariage de Raphaëlle jusqu'à cette dernière tentative, quelle série de déceptions ! Pas un homme ne l'avait aimée ! Bien plus, pas un homme qui ne l'eût dédaignée ! Que ce fût son mari ou ses amants éventuels, chacun s'éloignait d'elle comme d'une pestiférée. Ils étaient heureux avec d'autres et ils se ricanaient de ses déceptions.

Mauvais levain que celui de l'envie ! L'âme de Marthe était pleine de honte et de confusion. Son visage olivâtre devenait plus sombre et plus dur.

Tout d'un coup, cessant de se replier sur elle-même, elle imagina, elle eut la vision nette de son mari se prodiguant auprès d'une maîtresse et de Le Barancey se consolant auprès d'une autre femme. Et de même qu'elle n'avait pu supporter la pensée de Raphaëlle et de Teyran heureux et contents l'un par l'autre, elle ferma les yeux à cette image nouvelle, en se mordant les lèvres jusqu'à en faire gicler le sang

Non ! cela ne durerait pas ! De n'être pas aimée cela l'humiliait, mais supporter qu'on l'entourât pour ainsi dire d'une atmosphère d'amour d'où elle serait dédaigneusement écartée, voilà qui était au-dessus de ses forces ! Ce bonheur qu'on lui refusait elle le briserait entre les mains des autres ! Et pendant longtemps sombre et méditative Mme Dolbert réfléchit sur les moyens de se venger.

Il ne fallut pas longtemps pour que ce moyen fût trouvé. Ces lettres que Le Barancey, jadis, avait eu l'imprudence d'écrire, pourquoi ne deviendraient-elles pas un instrument pour sa vengeance ? quelques-unes étaient de nature à tromper son mari sur la nature de leurs relations. Que son mari les trouvât comme par hasard sous sa main et le résultat était sûr. Il souffrirait à son tour dans son orgueil ce mari qui la dédaignait, peut-être même provoquerait-il son prétendu rival, et quoi qu'il arrivât de ce duel, elle se sentait assez de haine et d'amertume au cœur pour n'en regretter aucune des solutions possibles. Il lui venait maintenant le goût du drame. Ses infamies successives contre Raphaëlle avaient gangrené à jamais cette âme d'envieuse. Dans le vide exaspéré de sa vie il lui venait le désir — puisque l'amour lui était impossible — que du moins des larmes et du sang attestassent une puissance qu'on avait tort de méconnaître. Quand un monstre ne peut se faire aimer il préfère qu'on le haïsse. Je ne suis pas, se disait-elle une poupée insignifiante ! et elle remonta dans sa chambre pour feuilleter dans sa cassette.

Grande fut la surprise de Le Barancey lorsqu'il reçut, le surlendemain, les témoins de M. Dolbert. Il crut d'abord à une confusion.

— Asseyez-vous, Messieurs, leur dit-il, mais j'ignore ce qui me vaut l'honneur de faire votre connaissance.

Lorsqu'ils eurent pris un air mystérieux et important pour lui dire que des lettres avaient été découvertes qui ne laissaient aucun doute à M. Dolbert sur l'injure qu'il voulait venger, Le Bourdonnais ne put se défendre d'un mouvement de protestation.

Ainsi voilà un homme qu'il ne connaissait pas, dont il avait respecté la femme en des circonstances où presque aucun homme n'aurait eu ce désintéressement et qui venait lui demander réparation de l'injure qu'il avait refusé de lui faire subir!

S'il avait cédé à ce premier mouvement Le Barancey eût raconté à ces témoins tout ce qui s'était passé. Mais il avait trop l'habitude de la mauvaise fortune dès qu'il s'agissait de questions féminines pour ne pas réfléchir du moins quelques minutes. Le premier étonnement passé, il comprit que la vérité n'avait aucune chance de paraître vraie. La dénonciation venait de Mme Dolbert. Elle se vengeait de ses refus en même temps que de son mari. C'était un coup de maître. Il sentit bien quelle situation fausse toute dénégation lui donnerait et il avait trop le souci de sa réputation d'homme pour risquer si inutilement de paraître un poltron.

Puisqu'une femme le désignait pour son amant et que ses lettres de jadis mettaient contre lui toutes les apparences, il ne lui restait plus qu'à faire bon visage à mauvaise fortune. On fixa au lendemain devant les tribunes de Longchamps une rencontre à l'épée de combat.

Qui les eût vus, ce lendemain, alignés à l'abri d'un petit hangar, sur la pelouse brillante de givre matinal aurait pu deviner, rien qu'à

leur attitude, les sentiments qui les faisaient agir. Il faisait un petit froid sec mais l'atmosphère était limpide et le soleil faisait miroiter l'herbe blanche comme de la poussière de diamant. A quelque distance des combattants le groupe des témoins faisait se découper sous le ciel bleu des chapeaux haut de forme et des redingotes boutonnées. Le directeur du combat la canne à la main, se tenait grave et attentif. Le duel était commencé.

Petit, vif et rageur, Dolbert attaquait vigoureusement. Mince, élégant, un peu dédaigneux, Le Barancey se défendait avec science et par un mouvement rapide faisait glisser à droite ou à gauche la lame de son adversaire. Il n'avait pas encore attaqué et il ne ripostait que rarement, mais ses yeux clairs suivaient chaque mouvement et sa grande taille autant que sa souplesse lui promettaient l'avantage quand il sentirait un peu fatigué le poignet de son adversaire. Trois fois le directeur du combat les força pendant une minute au repos.

Dans cet intervalle des reprises, Dolbert toisait Le Barancey d'un regard orgueilleux, celui-ci regardait Dolbert avec des yeux observateurs et si calmes qu'on y lisait la certitude de l'avantage définitif.

La quatrième reprise devait durer quatre minutes. Le Barancey méthodiquement commença des attaques rapides. Il harcelait son adversaire sans lui laisser une seconde de repos. Il était visible qu'il choisissait l'endroit où il voulait frapper. Dolbert, inquiet, se mit à rompre. Il perdait sa belle assurance. A chaque parade son épée décrivait un arc de cercle qui allait toujours grandissant. Et comme Le Barancey s'animait progressivement et que son épée brillait, battait et menaçait sans interruption, tout à coup Dolbert se sentit perdu.

Perdant tout sang-froid, il fit avec sa lame un vaste moulinet, puis se fendit à tout hasard. C'était un coup d'une maladresse à s'embrocher lui-même jusqu'à la garde.

Et cette maladresse le sauva.

Le haut du corps penché en avant par ses mouvements d'attaque, Le Barancey voulut parer par un contre de sixte dont la riposte aurait frappé en ligne droite, mais il n'eut pas le temps de se rejeter en arrière et lui-même ramena l'épée de son adversaire. Ce fer lui déchira grièvement la gorge et lui laboura la figure, déterminant sur le côté droit du visage une longue et affreuse balafre. Il poussa un cri de douleur et le combat fut arrêté.

Lorsqu'il s'en retourna avec ses deux amis, Dolbert était un peu ému, mais très glorieux tout de même. Le blessé dut attendre, pour monter en voiture, que le médecin lui eût fait un premier pansement.

Bien qu'elle fût la plus grave, la blessure à la gorge n'était pas celle qui l'inquiétait le plus. Il demanda tout de suite un miroir. La plaie du visage était hideuse. Partant de la commissure droite des lèvres, elle montait jusqu'aux sourcils, découvrant une partie de la mâchoire, coupant la joue et la paupière inférieure. Les chairs étaient profondément taillées et coupées, l'aspect général en était affreux.

Le Barancey se contempla très longuement, puis demanda au médecin :

— Je resterai balafré, n'est ce pas ?

— J'espère que non, répondit-il sur un ton de commisération.

Mais le blessé hocha la tête avec un air de tristesse immense et résignée.

On le fit remonter en landau.

Et pendant le trajet, enfoncé silencieusement dans un angle de la voiture, tremblant de fièvre, les yeux ardents, il se disait :

— Je suis vraiment celui qui n'a pas de chance avec les femmes. Depuis que je suis homme elles ne m'ont fait que du mal.

Et il songeait avec tristesse à ceux de ses amis qui n'avaient connu de l'amour que les joies de la volupté et le plaisir du changement.

⚜

Marthe n'eut aucun remords du résultat de cette rencontre. Elle ne se dit même pas que n'ayant comme Raphaëlle ni l'excuse de la frivolité, ni celle de la passion, elle était infiniment plus méprisable que sa cadette aux yeux d'un honnête homme. Elle ne cessait au contraire de se glorifier intérieurement d'être demeurée honnête femme, puisqu'elle n'avait pas eu d'amant. Cette constatation lui donnait une fierté qu'elle croyait légitime et justifiait à ses yeux tout le mal qu'elle avait fait. Qu'importent, en effet, la médisance, la calomnie, la dureté de cœur, l'envie, et le plaisir de faire souffrir? Ce ne sont que petits défauts sans lesquels on serait parfait!

Sa froide méchanceté avait fait cependant plus de victimes que n'en eût jamais pu faire la faute de Raphaëlle. Depuis la dénonciation dont elle avait été l'objet, Mme Ollivier souffrait et pleurait pour mériter un jour un pardon qu'elle osait à peine espérer mais que son repentir et la générosité de son mari rendaient du moins possible. Teyran après quelques vaines tentatives pour rejoindre sa bien-aimée se désespérait vainement, Ollivier s'ensevelissait vivant dans la solitude et le renonce-

ment, Le Barancey avait quitté Paris pour cacher sa balafre et ses désillusions.

Mais Marthe devait trouver en elle-même la punition qu'elle méritait. Ce n'est qu'en apparence qu'il n'y a pas de justice dans la vie. Qu'on demande : « Êtes-vous heureux ? » aux coquins les plus

triomphants, la réponse vengera bien des honnêtes gens. Bien qu'elle parût sortir indemne des évènements qu'elle avait conduits, Marthe, en effet, n'en était pas pour cela moins à plaindre. Elle se dévorait elle-même perpétuellement. La hideuse Envie qui ne l'avait jamais laissé jouir en paix d'un seul des plaisirs de la vie continuait à lui gâter toute son existence. Son malheur était moins tragique mais non moins lamentable que celui de ses victimes. Elle eût cependant l'habileté de faire connaître dans le public qu'une lettre mal interprétée avait seule motivé le duel entre les deux hommes et que La Barancey n'avait pas été son amant. Celui-ci par une dernière délicatesse ne voulut pas démentir cette rumeur qui le couvrait définitivement de ridicule. Mais cette révélation ne changea rien à la situation de Dolbert et de sa femme. Celle-ci savait que si son mari ne s'était pas séparé d'elle lorsqu'il se croyait trompé c'est parce qu'elle possédait presque toute la fortune et qu'il ne pouvait se passer, dans ses affaires, du crédit qu'il lui devait. Mais son silence à l'égard de sa femme était plus dédaigneux encore qu'auparavant. Mme Dolbert sentait que son mari n'ignorait aucune de ses vilenies et qu'à son propre foyer elle était méprisée.

Raphaëlle et Ollivier au contraire, dans leur solitude réciproque, trouvaient dans leur conscience un peu de réconfort. Pour les âmes un peu nobles il y a une consolation dans la certitude du devoir accompli ou dans le sentiment de la faute volontairement expiée. Si malheureux qu'ils fussent, ils ne l'étaient pas sans rémission. Des débris du passé peut être pourraient-ils encore dans un lointain avenir faire un peu de bonheur commun, et lorsqu'un jour la petite fille, blottie contre la poitrine d'Ollivier, lui demanda timidement :

— Dis, petit père, maman ne reviendra donc plus ?

Il se surprit à lui répondre avec des larmes dans les yeux :

— Qui sait ? Peut-être un jour... si tu pries bien pour elle !

Or à quelque temps de là M. Lobriet mourut. Cet héritage détermina envers Marthe de la part de tout le monde un sensible mouvement de sympathie. Même son mari, ému de cette bonne fortune, se rapprocha d'elle un moment. Ils prirent un hôtel plus vaste et des chevaux. Et comme ils discutaient un jour de l'achat d'une voiture : — Sais-tu ce qui serait possible ? dit Marthe assez négligemment, je pourrais faire tâter par intermédiaire notre ancien ami Ollivier. On dit que depuis la faute de sa femme il vit très retiré sans rendre visite à personne. Puisqu'il ne s'en sert plus, sans doute il le vendrait, son attelage d'autrefois, et cela me ferait plaisir d'avoir pour me promener l'ancien coupé de Raphaëlle !

COURBEVOIE

IMPRIMERIE E. BERNARD ET CIE

14, RUE DE LA STATION, 14

BUREAUX A PARIS, 29, QUAI DES GRANDS-AUGUSTINS

www.ingramcontent.com/pod-product-compliance
Lightning Source LLC
LaVergne TN
LVHW020328230826
846091LV00003B/800